Manfred Spoo

D1734187

Funkhausmord

Kommissar Knaupers 2. Fall

Manfred Spoo

Funkhausmord

Kommissar Knaupers 2. Fall

Die Deutsche Nationalbibliothek verzeichnet diese Publikation in der Deutschen Nationalbibliografie. Detaillierte bibliografische Angaben sind abrufbar im Internet über http://www.dnb.de

ISBN 978-3-942767-11-8

Bildnachweis: © Tiberius Gracchus - fotolia.com
Titelmontage: Sandra Bronder
Hergestellt in der Bundesrepublik Deutschland

© 2014 Kelkel-Verlag, 66763 Dillingen/Saar
www.kelkel-verlag.de
E-Mail: info@kelkel-verlag.de
Telefon: 0 68 31 - 5007 393
Fax: 0 68 31 - 5007 391

In Liebe für Nadja und Nora

Die Endfassung dieses Buches entstand während einer Schreib-klausur am Bostalsee. Ich danke dem Landkreis St. Wendel und dem Kunstzentrum Bosener Mühle e.V. für die Gastfreundschaft.

Sehr wichtig waren im Laufe der Entstehung des Romans Inter-views und Gespräche mit Betroffenen. Ich danke allen Informan-tinnen und Informanten für ihr Vertrauen und ihre Offenheit bei meinen Recherchen.

Für fachkompetenten Rat, viele Stunden intensiver Gespräche und die Unterstützung, die ich dadurch erfahren durfte, bedanke ich mich herzlich u.a. bei Robert Bruckart, Saarbrücken, Peter Eckert, Differten, Frank Fischer, Kaiserslautern, Karin Klee, Wadern, Bert-hold Ludwig, Dillingen, Susanne Münnich-Hessel, Kleinblitters-dorf, Gudrun Rohe, Schwarzenholz, Jörg Schumacher, Saarbrü-cken.

Und schließlich gilt mein ganz besonderer Dank immer wieder Heike.

Manfred Spoo

Knauper kommt wieder!

Mehr Infos unter www.manfredspoo.de

*„Die Kraft eines Riesen zu besitzen ist wunderbar.
Sie wie ein Riese zu gebrauchen ist Tyrannei."*

William Shakespeare

Feuerwerk

Die in einen weißen Ganzkörperoverall gekleidete Gestalt trat mit schnellen Schritten aus dem Dunkel auf den Mercedes zu, nachdem sie das fiepsende Geräusch der Fernbedienung gehört hatte.

Mit kräftigen Hieben trieb die vermummte Person ein Messer in den Körper des Mannes, der gerade auf dem Fahrersitz Platz genommen hatte und im Begriff war, sich auf dem Sitz nach rechts in den Wagen hinein zu drehen. Nach der Messerattacke griff sie in die rechte Hosentasche ihres Overalls, zog eine Einwegflasche hervor, leerte rasch den Inhalt über den im Wagen hinter dem Lenkrad zusammengesunkenen Körper aus, warf die leere Plastikflasche in das Fahrzeug, streifte den weißen Schutzanzug ab und warf ihn mitsamt einem brennenden Streichholz hinterher.

Mit wenigen Schritten entfernte sie sich wieder in die dunkle Ecke des Parkplatzes, von wo wenig später das Geräusch eines startenden Motorrades zu hören war, das sich schnell in die Nacht entfernte.

'Verrückter Freitag'

Konrad Knauper liebte den 'verrückten Freitag'. Seine Frau Claudia und er hatten Freitage, die sie ohne Kinder zu Hause auf dem Eschberg verbringen konnten und die nur ihnen und ihrer Zweisamkeit gehörten, ihre „verrückten" Freitage getauft. Heute Abend hatte Knauper zwar Bereitschaftsdienst, trotzdem aber fröhlich und unbeschwert das Küchenzepter geschwungen, sich seine Souvenirschürze mit aufgedruckter Schweizer Fahne vom letzten Urlaub umgebunden und zum Abendessen die eigene Kreation „Gruyère-Hähnchenbrust" zubereitet.

In die saftigen Filetstücke hatte Knauper eine Tasche geschnitten, sie mit Bündnerfleisch und Hartkäse aus dem Greyerzerland gefüllt und auf einem Backblech mit wenigen Tropfen Olivenöl und Thymianzweigen als aromatische Beigabe zart durchgegart. Dazu kredenzte Knauper seiner Liebsten einen weißen Gutedel aus dem Rhonetal. Von diesem Wein hatte sich das Paar aus dem Urlaub zwei Kisten im Kofferraum über die Alpen nach Saarbrücken mitgebracht, denn sie mochten den Fendant mit seinen fruchtigen Aromen und dem Duft nach Lindenblüten, auch abseits von Raclette und in der Pfanne geraffeltem Bratkäse.

Als das zweisame Abendessen beendet war lächelte Claudia Knauper ihren Mann an: „Und was kommt jetzt, mein Knauperle?"

„Jetzt", antworte Knauper fröhlich, „jetzt nehmen wir den Fendant mit nach oben!" und griff sich die Weinflasche.

Als Claudia vor ihm die Treppenstufen in die erste Etage ihres Wohnhauses hinaufstieg, streichelte Knauper über ihren Hintern und zwickte sie leicht. Claudia quietschte auf: „Du erschreckst mich jedes mal, Konni."

Im Schlafzimmer stellte Claudia die beiden Weingläser auf ihrem Nachttisch ab. Als sie sich umdrehte lag ihr Mann bereits unter der Bettdecke und lächelte sie erwartungsfroh an. Claudia setzte sich mit einem „komm, hilf mir mal!" mit dem Rücken zu ihm auf die Bettkante und ließ sich den Reißverschluss ihres Kleides öffnen. Danach kroch sie zu ihrem Mann unter die Decke, der sie mit beiden Armen fest umfasste und mit hingebungsvollen Küssen unter der Bettdecke begrüßte.

Eine Weile lagen beide ganz entspannt nebeneinander und genossen gegenseitig zärtliche Berührungen und die Wärme, die von ihren beiden Körpern ausstrahlte. Auf dem Rücken liegen bleibend, zog Knauper schließlich Claudia über sich: „Komm, ich will dich ganz fest auf mir spüren!"

Als das Telefon klingelte, nahm Claudia das zunächst nur ganz unbewusst wahr. Erst als Knauper gereizt knurrte „Nein, jetzt nicht! Ich bin überhaupt nicht hier!", richtete sie sich auf, neigte sich ein wenig nach rechts zum Nachttisch hinüber, griff die lästig läutende Apparatur. „Knauper" meldete sich Claudia und lauschte in den Telefonhörer.

Konrad Knauper fuhr damit fort, seine Frau mit beiden Händen zu streicheln und zu liebkosen. Und irgendwie klang es für ihn wie aus großer Entfernung, als er mit geschlossenen Augen daliegend hörte, dass seine Frau dem unbekannten Anrufer die Auskunft gab: „Ja... ich sage es ihm... Hm... Ja, er kommt auch gleich!"

Claudia legte den Hörer auf, schmiegte sich wieder fester auf ihren Mann und küsste ihn: „Gleich, mein Knauperle. Schenk' uns noch fünf Minuten! Ich hab ja gesagt, dass du gleich kommst."

Nachtschicht

Die Saarbrücker Berufsfeuerwehr war gerade dabei, Wasserschläuche einzurollen, als Konrad Knauper um 22:35 Uhr in der Saarbrücker Vorstadt mit seinem Wagen um die Ecke bog.

Der Kommissar mochte diesen Außenbezirk vor den Toren der City nicht sonderlich: Seit Jahren versuchten Stadt und Land hier einen Strukturwandel in Gang zu bringen. Herausgekommen waren bisher ein Wertstoffsammelhof und ein großer Baumarkt in der linken Hälfte des Areals sowie zwei IT-Start-Ups, ein Bistro, eine Cocktailbar und der Fitnessclub *Muscels* in der rechten Hälfte des schachbrettartig von Straßen durchzogenen öden Areals.

„'n Abend, Herr Knauper", trat ein Kollege vom Kriminaldauerdienst auf den Kommissar zu: „Schreckliches Bild! Der Wagen ist total ausgebrannt. Eine verkohlte Leiche. Kollege Leismann ist auch schon da, er steht da drüben!"

Konrad Knauper nickte nur kurz und ging in Richtung des Fahrzeugs, das am rechten Rand des großen Parkplatzes stand und noch vor sich hin rauchte.

„Donnerweddernochemoo, kann mal jemand Licht machen!", fluchte er in die spärlich von zwei Feuerwehrscheinwerfern beleuchtete nächtliche Szenerie.

Aus dem Hintergrund antwortete Kommissaranwärter Hendrik Leismann: „Tatortgruppe ist unterwegs, Licht auch".

Er trat auf den Kommissar zu, der sich erstaunt zeigte: „Wo kommen Sie denn mitten in der Nacht her? Wieso sind Sie vor mir hier? Sind Sie mit 'ner Rakete aus St. Wendel gekommen?"

„Ich war mit meiner Freundin im Staatstheater, als das Diensthandy Alarm schlug. Die Rocky-Horror-Show hatte heute ihre letzte Aufführung", verneinte der junge Mann und fuhr diensteifrig fort: „Bei dem Wrack hier handelt es sich um ein CLS Coupé, war einmal palladiumsilber metallic..."

„Ja, das sehe ich", knurrte Knauper unwillig: „Und da brauche ich auch kein Staatstheater, da habe ich hier genug Horrorshow!"

Der Kommissar trat näher an den ausgebrannten Wagen heran und schaute hinein. Auf dem Fahrersitz war eine bis zur Unkenntlichkeit verkohlte Person auszumachen, ein Anblick, der auch für hartgesottene und mit vielen Jahren Berufserfahrung ausgestattete Beamte unerträglich war.

„Da kann man nicht einmal mehr erkennen, ob Mann oder Frau...", flüsterte Knauper stockend, griff in die

Hosentasche und presste sich ein Taschentuch vor Mund und Nase. Der Anblick, der sich ihm hier bot, erinnerte ihn an eine mit schwarz-harzigem Erdpech überzogene Mumie.

Gut eine Stunden später trat der Leiter der Spurensicherung und Kriminaltechnik auf Konrad Knauper zu:
„Wir sind fürs Erste hier fertig. Der Leichenwagen kann wieder abrücken. Wir können den Toten hier nicht aus dem Wagen bergen, der Körper ist mit der Ledersitzpolsterung regelrecht verschmolzen. Wirklich furchtbar... Also, wir transportieren das Wrack jetzt in unsere Fahrzeughalle und lassen noch unsere Diensthunde ran, die auf Brandbeschleuniger abgerichtet sind.
Mit Dr. Schneider haben wir telefoniert: Er macht morgen früh um 10 Uhr die Leichenschau. Ich soll Sie grüßen und Ihnen ausrichten, dass er Sie dann zur Autopsie in Homburg erwartet.
Also, wir transportieren jetzt das ausgebrannte Fahrzeug samt Leiche ab.“

Knauper nickte wortlos, schaute mit grimmigem Blick und zusammengekniffenen Lippen auf seine Armbanduhr, die drei Minuten vor Mitternacht anzeigte.

Leismann kam zu ihm: „Herr Hauptkommissar, die Fahrgestellnummer ist noch lesbar und ich habe dadurch inzwischen den Fahrzeughalter ermitteln können."

„Ja, und?", zischelte Knauper müde und gereizt: „Mensch, Leismann! Lassen Sie sich nicht die Würm' ziehen! Also?"

„Der Wagen ist zugelassen auf Gerhard Schwallborn mit erstem Wohnsitz in München-Grünwald", kam es ruhig von Leismann, der nach diesen paar Worten eine Pause einlegte und dann langsam sprechend und bedeutungsschwanger ergänzte: „Der Tote könnte demnach Herr Dr. Schwallborn sein. Und zwar DER Dr. Schwallborn..."

Knauper hakte nach: „Ja, Leismann... Wenn er sein Auto auch selbst gefahren und nicht etwa verliehen hat. Sagen Sie mal: Schwallborn? Sie betonen den Namen so stark. Muss ich den kennen?"

Leismann tippelte von einem Fuß auf den anderen, und die Finger seiner rechten und linken Hand rieben dabei nervös zuckend an den Daumen entlang, als ob er Luft greifen wollte: „Also wenn er es wirklich ist... dann ist es die Leiche von Dr. Schwallborn, einem Vorstand von RTVS, Radio-Television-Saar."

„Schwallborn…, ein Vorstand von Radio-Television-Saar" wiederholte Knauper leise nickend: „Mensch Leismann, wenn das wirklich der Fall ist, dann haben wir jetzt nicht nur ein völlig versautes Wochenende vor uns, sondern auch noch den Presserummel um eine Promi-Leiche am Hals. Donnerwetternochemoo!"

Schauerlicher Samstag

Konrad Knauper schlurfte in Pantoffeln in die Küche, wo seine Liebste gerade dabei war, das Frühstück vorzubereiten und zwei Eier kochte. Claudia sah ihrem Mann die Müdigkeit an, umarmte ihn und gab ihm mit einem fröhlichen „Guten Morgen, mein Knauperle" einen Kuss: „Ich hab schon frische Brötchen beim Bäcker geholt".

Knauper brummte lustlos etwas zwischen den Zähnen hervor, was nach „Gu' Morgen" klang, schob sich an Claudia vorbei zur Kaffeemaschine und goss sich eine Tasse ein. Aus dem Augenwinkel nahm er war, dass Claudia heute wohl auch die Boulevard-Zeitung vom Bäcker mitgebracht hatte. Sie hatte das dünne Blatt aber unter die *Saarland-Zeitung* geschoben, die neben dem Kaffeebereiter auf der Arbeitsplatte lag.

Das Küchenradio im Wandregal war auf die Morgenmusik vom Kulturradio eingestellt. Knauper schlürfte einen Schluck Kaffee, stellte die Tasse ab und wechselte im Radio auf die Frequenz von RTVS. Es lief Musik von John Lennon: *Imagine*.

Als der Musiktitel zu Ende gespielt war meldete sich ein Moderator: „Die RTVS-Morning-Show auf UKW 108,3. Wir haben berichtet, Sie haben es gehört!

Es ist unfassbar, aber unser lieber Kollege Dr. Gerhard Schwallborn ist gestern Abend ums Leben gekommen. Wir sind schockiert. Wir sind sprachlos. Aber wir wissen auch, dass es im Sinne von Dr. Schwallborn ist, wenn wir bei RTVS seine-, wenn wir unsere Arbeit fortführen.

Mein Name ist Dennis Nerwer! Sie hören die RTVS-Morning-Show! Mit Musik, wie sie das Land mag! Das größte Radio mit den den größten Hits aller Zeiten! Nur hier auf UKW 108,3! Und der nächste Hit kommt von den Freshcats und heißt 'Perpetual Love'. Auf 108,3!"

Knauper nahm wieder einen Schluck Kaffee, stellte die Tasse ab und wechselte im Radio auf die Frequenz der *Südwest-Welle*, wo ein Schlager von Helene Fischer lief. Nach der Musik kündigte eine Moderatorin ein 'Thema des Tages' an und dann erzählte ein Reporter, er sei mit einem Reportagewagen direkt am Tatort:

„Hier in der Vorstadtstraße muss sich gestern Nacht eine Tragödie abgespielt haben: Um 21:41 Uhr ging bei der Feuerwache West ein Notruf ein. Feuerwehr und Polizei waren wenige Minuten später vor Ort.

Die Feuerwehr löschte den Brand, aber für den Fahrzeuginsassen kam jede Hilfe zu spät. Bei der ums Leben gekommenen Person handelt es sich um ein Vorstandsmitglied unseres Mitbewerbers RTVS.

Dies bestätigte auf telefonische Nachfrage heute morgen auch Kriminaloberrat Brockar vom LKA Saarbrücken. Weitere Angaben wollte oder konnte Brockar nicht machen. Allerdings bittet die Polizei um Mithilfe:

Der Anruf bei der Feuerwache kam von einem Handy ohne Rufnummernübermittlung. Deshalb wird der Anrufer oder die Anruferin gebeten, sich beim LKA oder einer Polizeidienststelle zu melden!
Weitere Einzelheiten zu diesem tragischen Ereignis waren heute morgen, wie gesagt, nicht zu erfahren. Anscheinend tappt die Polizei noch völlig im Dunklen. Damit zurück ins Studio."

„Reportergesülze", grummelte Knauper gereizt und schaltete das Radio aus.

„Das geht schon den ganzen Morgen so", sagte Claudia: „Und die Zeitungen brauchst Du erst gar nicht aufzuschlagen!"

Konrad Knauper zog trotzdem das dünne Boulevard-Blatt, das Claudia unter die *Saarland-Zeitung* geschoben hatte hervor und las die fette Schlagzeile auf der ersten Seite: „Brandhölle: Medienmanager tot!"
Knauper überflog den Artikel nur, faltete die Gazette zusammen und donnerte sie wütend in den Papierkorb: „Sie wissen nichts, sie haben nichts.... aber sie müssen irgendeine Sau durchs Dorf treiben..."

Leichenschau

Knauper betrat das Gebäude 42 auf dem Gelände des Klinikums Homburg.

„Guten Morgen, Herr Knauper!", grinste Dr. Schneider ihm fröhlich entgegen, schaute auf die Wanduhr, die zehn Minuten vor elf zeigte und maulte spöttisch: „Sie sind früh dran!?"

„Besser spät als gar nicht", grummelte Knauper zurück: „Entschuldigung... Baustelle auf der A 6... Außerdem sind die für unsere Dienstfahrzeuge reservierten Parkplätze nebenan wieder einmal von Falschparkern blockiert... musste ein paar Meter laufen."

„Ich habe auch gerade erst angefangen. Haben Sie heute Morgen schon Radio gehört? Die senden den Mord auf allen Wellen. Sogar der Deutschlandfunk hat hier schon wegen eines Interviews angerufen. Die Zeitung hatten Sie ja sicher auch schon in der Hand?"

„Ja", sagte Knauper kurz: „Bericht über zwei Seiten..."

„Ich habe also tatsächlich einen Prominenten auf meinem Tisch! Und die Saarländer freuen sich über die deutschlandweiten Schlagzeilen! Das Ländchen wird für ein paar Tage wieder einmal wahrgenommen..."
Knauper ärgerte sich über diese Bemerkung Dr. Schnei-

ders, den alle Kollegen nur den 'Schnibbler' nannten. So konnte nur einer reden, der nicht hier im Südwestzipfel der Republik geboren war. Im Selbstverständnis aller in der Wolle gefärbten Saarländer war das kleine Land zwischen Saar, Mosel und Blies nämlich ein kleines Paradies, in dem alles und jeder seinen Platz hatte, und in dem zu leben ungetrübtes Daseinsglück bedeutete.

Dr. Schneider fuhr fort: „Sie kommen jedenfalls noch rechtzeitig zur Leichenöffnung! Zahnstatus und Fotodokumentation habe ich schon... Es handelt sich übrigens hier wirklich um diesen Medienmenschen Schwallborn: Er hatte vor drei Jahren bei seinem Zahnarzt eine ausführliche Wurzelbehandlung. Die digitalen Röntgenaufnahmen habe ich mir per Mail aus Saarbrücken von seinem Gebissklempner schicken lassen. Ja, und ziemlich deutliche Hinweise auf die Todesursache habe ich auch schon!"

„Na, dann raus damit!"

„Eile mit Weile", flachste der Schnibbler: „Es war ein gutes Stück Arbeit, diese Leiche überhaupt erst mal vom Fahrzeugsitz zu lösen. Wir haben mit zwei Mann und einer Bügelsäge gearbeitet..."

„Ich kann es mir vorstellen", sagte Knauper trocken: „Also, was ist jetzt?"

„Sie wollen ja sicher ganz genau wissen, ob der Tod durch Verbrennen eingetreten ist oder ob der gute Mann vorher schon um die Ecke gebracht worden ist? Dass es durch die Hitze zu einer Verkürzung der Sehnen gekommen ist und die Leiche jetzt die sogenannte 'Fechterstellung' aufweist, dürften Sie bereits registriert haben, Herr Knauper.

Nun denn: Schauen wir doch einfach einmal nach, ob sich Rußteilchen in der Lunge und im Magen finden und ob sein Blut einen erhöhten Kohlenmonoxidgehalt aufweist. Ich öffne jetzt den Thorax..."

Dr. Schneider griff zunächst zum Skalpell. Knauper wandte sich ab und schaute zur Wand, wo anatomische Schautafeln hingen. Als er konzentriert die Abbildung, die das menschliche Skelett zeigte, betrachtete und überlegte, dass der Oberschenkelknochen wohl wirklich der längste Knochen sein musste, vernahm er das schabende Geräusch der Knochensäge.

Ein paar Minuten später schaltete Dr. Schneider mit einem leisen „Aha!" sein Diktiergerät ein und sprach sprudelnd wie ein Springbrunnen seinen Befund auf das Gerät. „Was ist denn jetzt?", unterbrach ihn Knauper ungeduldig.

„Also", erläuterte Dr. Schneider „der gute Mann ist zwar verbrannt worden, aber das war nicht todesursächlich! Wir haben es hier zu tun mit traumatischem

Pneumothorax, Eröffnung der Brusthöhle, Verletzung des linken Lungenflügels und..." Der Mediziner legte eine Pause ein: „und zwei Stichkanälen am Hals: Arteria Carotis externa links und Musculus stylohyoideus sind sauber durchtrennt."

„Carotis was?", maulte Knauper den Gerichtsmediziner an.

„Die innere Halsschlagader und der Griffelzungenbeinmuskel sind durchtrennt. Zwei Einstiche, hier!"
Dr. Schneider deutete auf den Hals des Leichnams, griff zu einem Lineal und machte sich damit daran, den Stichkanal auszumessen.

„Saubere Ränder, Herr Knauper. Das war kein Küchenmesser! Das muss ein beidseitig geschliffener Dolch gewesen sein, ein Saufänger oder so etwas."

„Saufänger, was?" fragte Knauper ungeduldig nach.

„Ein Jagdmesser, Herr Knauper. Das bekommen Sie überall für um die 80 Euro. Es dient dem Abfangen von Schwarzwild..."

Kommissar Knauper ärgerte sich insgeheim, dass der Rechtsmediziner wieder einmal mit der Attitüde eines Universalgelehrten vor ihm stand und sein umfängliches Wissen dozierte. Entsprechend kurz und bissig fiel sein Kommentar aus: „Waidmanns Heil, Herr Dr. Schneider!"

„Waidmanns Dank!", kam es ungerührt und postwendend zurück. Und mit den Worten: „Ein Saufänger gehört für jeden Waidmann zur Grundausstattung, Knauper!" beugte er sich wieder geschäftig über die Leiche: „Ich messe diesen Stichkanal jetzt noch einmal genau nach. Die Klinge hatte wohl eine Stärke von etwa viereinhalb Millimetern... die Länge... ziemlich exakt 23 cm.... und es ist mit Wucht auf den Mann eingestochen worden... Schauen Sie mal, hier ist noch der Abdruck des Parrierelements auszumachen! Also Knauper: Der Herr Dr. Schwallborn wurde mit drei Stichen in die Brust und zwei Stichen in den Hals getötet und 'post mortem' mit Benzin übergossen und abgefackelt."

Knauper räusperte sich: „Wenn ich Sie richtig verstanden habe, ist also insgesamt fünfmal zugestochen worden?"

„Das habe ich Ihnen doch gerade erläutert", gab Dr. Schneider mit genervtem Blick zurück.

„Wie sind die Stiche gesetzt worden?", fragte Knauper.

Dr. Schneider schaute überrascht: „Habe ich das eben nicht mit geschildert? Nein? Nun, gut: Die Stiche sind seitlich von oben auf das Opfer ausgeführt worden, Herr Hauptkommissar."

„Wenn das so ist", murmelte Knauper nachdenklich vor sich hin, „dann muss die Täterin oder der Täter neben der geöffneten Fahrertür gestanden haben, und Dr. Schwallborn saß auf dem Fahrersitz hinter seinem Lenkrad. Die Heftigkeit der Messerstöße könnte darauf hindeuten, dass eine gehörige Portion Wut im Spiel war... Vielleicht haben wir es hier ja einmal wieder mit einer Beziehungstat zu tun?"

„Finden Sie es heraus! Ich wünsche Ihnen trotzdem noch ein schönes Restwochenende!"

Knauper verabschiedete sich mit einem Nicken in Richtung des Rechtsmediziners, wandte sich um und verließ das Gebäude 42 auf dem Gelände des Universitätsklinikums Homburg.

Auf dem Weg zu seinem abgestellten Wagen griff er zum Handy und rief seine Frau an. Er teilte Claudia mit, dass er noch einmal an seinen Schreibtisch nach Saarbrücken musste und dass deshalb das gestern noch mit großer Vorfreude ins Auge gefasste, gemeinsame Kuschelmittagsschläfchen ausfallen würde. Er hörte, dass seine Frau sich ihre Enttäuschung nicht anmerken lassen wollte, als sie gespielt auflachte und ihm antwortete: „Knauperle, das Mittagessen ist ja auch schon ausgefallen. Konni, ich hab ein Roastbeef auf Niedertemperatur gegart. Du kannst dir später etwas davon kalt aufschneiden, ja?"

Knauper schnaufte einmal tief durch: „Liebste, an dein wunderbares Essen kann ich jetzt gerade nicht denken. Ich war bis vor zehn Minuten beim 'Schnibbler'."

„So schlimm?"

„Noch schlimmer!"

„Ist schon gut, mein Knauperle... Ich drück' dich! Wie lange brauchst du denn noch?"

„Das kann ich dir absolut noch nicht sagen, aber ich komme sobald wie möglich nach Hause. Also, bis später! Und ich drück' dich auch!"

Im diesem Augenblick war Konrad Knauper stinksauer auf seinen Beruf: Sein 'verrückter Freitag' war ihm verhagelt worden, es gab keine Aussicht auf ein ganz stinknormales, ruhiges Wochenende. Scheibenkleister! Er steckte das Handy in die Tasche, kramte nach dem Autoschlüssel und gab dabei einem vor ihm liegenden Kieselstein einen so kräftigen Tritt, dass der kleine Brocken meterweit über die Straße schlitterte. Knauper öffnete die Tür zu seinem Wagen, setzte sich hinter das

Lenkrad, spielte mit dem Fahrzeugschlüssel in der rechten Hand, schaute durch die Windschutzscheibe in den wolkenlosen Himmel und grübelte:

Was war denn das jetzt gerade? Da hatte eben ein Kieselstein vor seinen Füßen gelegen und er hatte den voller Wut und mit einem kräftigen Tritt aus dem Weg gedonnert. Warum? Das war doch eine völlig unnötige Aktion, völlig sinnlos! Trotzdem hatte er sich entschieden, den Stoß nach dem Stein zu führen. Obwohl das Felstrümmerstückchen an den Ereignissen der letzten vierundzwanzig Stunden ja gar keinen Anteil hatte, obwohl es überhaupt keinen ursächlichen Zusammenhang gab, war er in Beziehung zu diesem Kiesel getreten und hatte ihn als Frustableiter benutzt. Warum? Er war es doch gewohnt, verstandesmäßige und durchdachte Entscheidungen zu treffen und nicht unbesonnen zu handeln.

Hatte er die Entscheidung, nach dem zufällig daliegenden Kiesel zu treten, frei getroffen oder hatte er sich von seiner momentanen Übellaunigkeit und den arbeitsbedingten Umständen dabei beeinflussen lassen? Wenn der Tritt durch Zufall zustande gekommen war, war das dennoch seine freie Entscheidung? Oder muss eine wirklich freie Entscheidung nicht auch wirklich frei von Einflüssen sein?

Hatte der Mörder oder die Mörderin von Dr. Schwallborn eine freie Entscheidung getroffen? Hatte er oder sie unter bestimmten Einflüssen oder Zwängen getötet? Nach einem zufälligen Mord sah es jedenfalls nicht aus... Schließlich verjagte Knauper weiter aufkommende Gedanken an den Stein seines Anstoßes und startete den Motor.

Bevor er losfuhr, schaltete er im Autoradio auf die Sendefrequenz von RTVS. Als er anfuhr, spielte das Autoradio einen der irgendwie immer wieder gleich klingenden Pop-Hits. Dann röhrte ihn eine Moderatorenstimme überfröhlich an:

„Jaaa! Sie hören die RTVS-Mittagsshow auf UKW 108,3! Mein Name ist Manuel Stapler! Kurzer Blick auf die Uhr: Wir haben es gleich halb eins!

Bei uns gibt es Musik, wie sie das Land mag! Nur hier auf UKW 108,3! Das größte Radio mit den den größten Hits aller Zeiten! RTVS auf 108,3! Die Mittagsshow! Und hier kommt der Newcomer der Woche: Costa Caracas mit 'Sunshine and Love'! RTVS 108,3 - Mein Name ist Manuel Stapler! Ich präsentiere Ihnen die meistverkauftesten Platten der Woche!"

Knauper lachte: „Ei, jòò... Du präsentierst das meist abgeschalteste Radio..." und schob eine alte Pink-Floyd-CD in den Abspielschlitz des Autoradios.

Dr. Schwallborn

An seinem Schreibtisch im Saarbrücker Polizeipräsidium öffnete Kommissar Knauper seine E-Mails. Es war eine Nachricht vom Polizeipräsidium München dabei.

Die bayrischen Kollegen waren in Begleitung eines Notarztes und eines Seelsorgers am späten Vormittag nach Grünwald gefahren und hatten der Gattin von Dr. Schwallborn die Nachricht vom Tod ihres Mannes überbracht. Im Bericht des Kriminaldauerdienstes, den Knauper als E-Mail zugeschickt bekommen hatte, war vermerkt, Frau Schwallborn hätte die Nachricht 'äußerst unbewegt und erschreckend kalt' entgegengenommen. Knauper überlegte kurz und wählte dann die Nummer des Telefonbucheintrags 'Schwallborn, Dr. Gerhard, München-Grünwald'. Als der Hörer am anderen Ende der Leitung abgehoben wurde, meldete sich eine Frauenstimme mit einem kurzen, fragenden „Hallo?"

Der Kommissar entschuldigte sich höflich für die Störung am Samstag und fragte, ob er mit Frau Schwallborn verbunden sei.

„Ja", kam die knappe Antwort und die Nachfrage: „Mit wem spreche ich?"

„Mein Name ist Konrad Knauper. Ich bin Krimminalhauptkommissar und rufe aus Saarbrücken an".

Die Frauenstimme fragte nach: „Saarbrücken?"

Knauper atmete tief durch: „Ja, Saarbrücken. Frau Schwallborn, es geht um Ihren Mann!"

„Ja, ich weiß! Vor zwei Stunden war die Polizei schon bei mir, um mir die Nachricht vom Ableben meines Göttergatten zu überbringen", klang es ironisch aus dem Hörer.

Knauper entschloss sich, ohne weitere Umschweife zur Sache zu kommen: „Frau Schwallborn, ich weiß, dass das eine schockierende und traurige Nachricht für Sie sein muss..." Er lauschte angespannt in die Leitung, vernahm aber keinerlei Reaktion: „Frau Schwallborn, es tut mir sehr leid. Nehmen Sie mein Beileid entgegen!" Wieder konnte der Kommissar keine deutliche Reaktion im Hörer wahrnehmen. Erst nach langen Sekunden Stille kam eine zögerliche Antwort: „Tja... was soll ich Ihnen jetzt dazu sagen?"

Knauper überlegte, wie viel Kaltschnäuzigkeit ein Mensch wohl besitzen musste, um auf den Tod eines geliebten Menschen so sachlich und kühl zu reagieren und ergänzte zögernd: „Es ist doch... Dr. Schwallborn war doch Ihr Mann?"

Dieses Mal kam die Antwort prompt: „Mein Mann? Naja... Er hat ein Kind mit mir gemacht und das war es dann... Wissen Sie: Er hat regelmäßige Zahlungen geleistet, ja. Und das war es dann aber auch. Er brauchte wohl ein Kind für seine Reputation... Eine junge Ehefrau, ein Kind... damit hat der Erfolgsmensch sozusagen seinen immateriellen Wert nach außen gesteigert."

Knauper wartete ab, ob die Frau am anderen Ende der Leitung noch etwas hinzufügen würde und fragte erst nach einigen Sekunden Schweigens nach:
„Das bedeutet wohl, dass Ihre Ehe mit Dr. Schwallborn nicht sehr glücklich verlaufen ist?"

Die Frau am anderen Ende der Leitung lachte kurz und schrill auf: „Ach, wissen Sie... Nicht sehr glücklich ist gelinde gesagt eine Verharmlosung. Der Gerd war ein absoluter Egozentriker. Für seine Karriere ging der über Leichen. Immer musste sich alles um ihn drehen. Die Menschen in seinem Umfeld waren ihm egal. Ich sage das ja auch nicht gerne, aber die Wahrheit ist: Er war ein ziemlich mieser Charakter. Leider habe ich das erst viel zu spät festgestellt. Sehen Sie es mir also nach, wenn ich nicht in Tränen ausbreche. Sein Tod ist wirklich kein Verlust für die Menschheit."

Mordkommission 'Funkhaus'

An Sonntagen war es kein Problem, einen Parkplatz rund um das Landeskriminalamt zu finden. Da waren üblicherweise nur eine Tatortgruppe und der Kriminaldauerdienst anwesend. Heute aber hatte der Erste Kriminalhauptkommissar Knauper die wenigen Beamten, die Bereitschaftsdienst hatten, alle zusammengerufen. Er hatte in das große Besprechungszimmer gegenüber seinem Büro eingeladen und eröffnete mit einem freundlichen Blick in die Runde die Zusammenkunft der Kollegen. Knauper teilte ihnen vorweg mit, dass er sich den heutigen Sonntag auch anders vorgestellt hatte und nicht erpicht darauf war, im Präsidium zu sitzen und erntete dafür rundum zustimmendes Kopfnicken.

„Kollegen, normalerweise hätten wir morgen eine Mordkommission zusammengestellt. Aber bei dem Getöse, das die Presse seit gestern veranstaltet, gehen wir es heute schon an. Unsere MoKo 'Funkhaus' hat es mit einem sehr prominenten Opfer zu tun. Presseanfragen werden bitte ausnahmslos an unseren Pressesprecher weitergeleitet und vom dem beantwortet! Und im privaten Kreis wir die Klappe gehalten! Verstehen wir uns?"

Die Runde schwieg. Knauper stellte dann für das Protokoll die Anwesenheit fest: Sein Kollege Urs Bender aus Neunkirchen saß neben Erwin Schütz aus Saarlouis an einer Längsseite des Tisches. Ihnen gegenüber hatte der junge Mann Platz genommen, den Knauper dem Neunkircher Kollegen als Kommissaranwärter Hendrik Leismann vorstellte. Erwin Schütz und Hendrik Leismann kannten sich bereits, weil sie vor wenigen Wochen rund um den 'Hänsel-und-Gretel-Mord' schon zusammengearbeitet hatten. Knauper setzte sich neben Leismann.

„Kollegen, gestern Abend war der Fall schon groß in der Tagesschau und in den Tagesthemen. Das ZDF hat im Heute-Journal eine Live-Schaltung nach Saarbrücken gemacht und das Aktuelle Sportstudio fing zehn Minuten später an. Im Blätterwald rauscht es ebenfalls gewaltig und auf allen Radiowellen quakt es aus den Lautsprechern: Bei der Parkplatzleiche handelt es sich nämlich um Dr. Gerhard Schwallborn, Vorstand von RTVS und bundesweit bekannter Medienmanager", begann Kommissar Knauper seine Einführung in den Mordfall.

„Sie haben alle die Fotos vom Tatort gesehen und inzwischen sicher auch den gestrigen Obduktionsbericht von Dr. Schneider gelesen: Es gibt insgesamt fünf Einstiche, die jeder für sich früher oder später tödlich waren. Der 'Schnibbler' meint, dass es sich bei der Stichwaffe um ein Jagdmesser handeln könnte."

Urs Bender meldete sich zu Wort: „Ich denke, diesen Hinweis könnten wir doch schon 'mal im Auge behalten. Das edle Waidwerk ist ja in bestimmten Kreisen eher verbreitet, als beim gemeinen Volk. Und das Opfer gehörte ja wohl zu diesen 'besseren' Kreisen?"

„Ja, aber lass Konni erst mal zu Ende referieren", antwortete Erwin Schütz und wandte sich an Knauper: „Fünf Stiche und anschließend mit Benzin übergießen und abfackeln... So etwas deutet doch darauf hin, dass bei der Tat Wut im Spiel gewesen ist. Mir drängt sich da der Gedanke auf, dass es eine Beziehungstat sein könnte, oder?"

„Den Gedanken hatte ich auch schon während der Obduktion, Erwin. Ich habe im Anschluss an den Homburg-Termin gestern noch mit der Ehefrau des Opfers in München telefoniert", nickte Knauper: „Ich hatte den Eindruck, dass die Todesnachricht die Frau total kalt gelassen hat. Sie gab sich völlig unbeeindruckt, hat nicht einmal nach der Todesursache oder nach Details gefragt. Er ist tot – zack, fertig. Ich verweise auf meine Gesprächsnotiz und den Bericht der bayrischen Kollegen! Ist alles in der Akte beigefügt.
Also: Wenn wir uns jetzt das Umfeld von Dr. Schwallborn anschauen, knöpfen wir uns als Erstes mal seine Frau vor. Dazu noch einmal in Kürze folgende Fakten:

Frau Schwallborn wohnt mit ihrem Kind - der Kindsvater ist Dr. Gerhard Schwallborn - in München-Grünwald. Anscheinend durfte sie bei offiziellen Anlässen die schöne, junge Gattin an der Seite des Medienmannes spielen, war aber ansonsten abgemeldet. Ich habe bei meinem Telefonat gestern den Eindruck gewonnen, dass da in Sachen Ehe wohl nicht mehr viel lief!"

Knauper bat Urs Bender zu recherchieren, was alles über die Frau in Erfahrung zu bringen war: „Checken Sie mit Hilfe der Bayern auch die Wohngegend, das Wohnumfeld und die Lebensgewohnheiten der vernachlässigten Ehefrau! Stellen Sie alle Daten über das Opfer zusammen. Hat sie Bekanntschaften? Hat sie eine Beziehung mit einem anderen Mann? Recherchieren Sie berufliche und private Kontakte, alte und neue Verbindungen, Job, Karriere etc. Alles Übliche eben!
Und versuchen Sie einen richterlichen Beschluss zu bekommen, damit wir Kreditkartenabrechnungen und Konten überprüfen können. Alles klar?"

Urs Bender nickte wortlos in Knaupers Richtung und machte sich ein paar Notizen.

„Erwin", wandte sich Knauper jetzt an Erwin Schütz, den Kollegen, mit dem er seit ihren gemeinsamen Ausbildungstagen bei der saarländischen Bereitschaftspolizei freundschaftlich verbunden war:
„Ein Team der Tatortgruppe und ein Ermittlungsteam schaut sich heute noch im Büro des Opfers um. Wir

zwei reden morgen früh um 8 Uhr im Medienhaus mit dem RTVS-Vorstand, einverstanden?" Erwin Schütz nickte kurz: „Das klingt nach Krawattentermin?"

„Wenn Du willst", grinste Knauper, „aber nicht, dass deine Ursel auf falsche Gedanken kommt, wenn du mit Schlips aus dem Haus gehst!"

Die Runde lachte.

Kommissaranwärter Leismann rutschte unruhig auf seinem Stuhl hin und her, meldete sich dann aber beherzt zu Wort: „Und ich, Herr Knauper, was mache ich?"

Knauper räusperte sich und lächelte: „Leismann, Sie sind unser wichtigster Mann! Sie gehen morgen ausgiebig Frühstücken, Mittagessen und lesen Zeitung..."

Abermals lachte die Runde.

Knauper übertönte das Gelächter mit kräftiger Stimme: „Leute! Das ist mein Ernst! RTVS hat eine öffentliche Kantine, da kann jeder rein. Und Sie, Leismann", wandte er sich wieder dem Kommissaranwärter zu, „Sie gehen dort hin und halten Augen und Ohren auf! Schauen Sie sich um! Beobachten Sie die Medienmenschen dort und ihre Reaktionen auf den Mord!"

„Und wenn mich jemand von den Leuten fragt, wer ich bin?" wagte Hendrik Leismann zaghaft zu erwidern.

„Dann sagen Sie eben... Sagen Sie meinetwegen, dass Sie ab der nächsten Woche ein Praktikum bei RTVS machen werden. Erzählen Sie, dass Sie schon angereist sind, um sich in Saarbrücken eine Wohnung einzurichten und um sich schon einmal mit den örtlichen Gegebenheiten im Funkhaus bekannt zu machen. Wenn Sie wirklich gefragt werden, erzählen Sie, Sie seien Student. BWL...ehm... Verwaltungsrecht.... Mensch, Leismann, Sie haben noch den ganzen restlichen Sonntag Zeit, sich etwas auszudenken!
Und noch etwas, und das gilt für alle hier im Raum: Hört in das Programm von RTVS rein und schaut Euch heute Abend das Fernsehprogramm von denen an! Ich habe das noch nie eingeschaltet. Aber wir sollten uns einen Eindruck verschaffen, von dem, was die so senden."

Mit einem frischen Mordfall auf dem Tisch konnte Konrad Knauper den Sonntagabend zu Hause nicht genießen. Seine Frau wusste, dass sie ihren Mann an solchen Tagen nur schwer von seinen Arbeitsgedanken ablenken konnte. Trotzdem wagte sie einen Versuch und schlug ihm vor, bei ihrem Lieblingsitaliener einen Tisch für das Abendessen mit den Kindern zu reservieren.

Jenny, die fünfzehnjährige Tochter aus Knaupers erster Ehe und Max, der elfjährige Sohn, den Claudia in die Patchworkfamilie eingebracht hatte, waren Feuer und Flamme. Sie riefen wild durcheinander, das sei eine gute Idee und stritten drauflos, ob die *Pizza Casa* oder die *Pizza Vegetaria* besser schmecke.

Knauper schoss der Gedanke an ein *Filet al Pepe* durch den Kopf und er nickte Claudia zu: „Also gut, gehen wir zu Rosario! Viel arbeiten kann ich heute Abend ohne-hin nicht mehr. Obwohl... ich sag es gleich: Ich muss mich anschließend noch dienstlich vor den Fernseher setzen."

Im *Ristorante Rosario* nahm Familie Knauper an einem Vierertisch im hinteren Teil des Lokals Platz. Von hier aus hatte man einen guten Blick auf die Theke, hinter der der Pizzabäcker Teig knete, und die Pizzaböden mit der rechten Hand über seinem Kopf kreisen ließ und andere akrobatische Kunststücke damit vollführte. Max war wieder einmal, wie bei etlichen Besuchen zuvor, absolut davon fasziniert. Jenny ließ die zirkusreife Pizza-jonglage kalt: Sie simste unter der Tischkante auf ihrem Handy mit ihrer Freundin. Konrad Knauper knurrte etwas Unverständliches vor sich hin von und Claudia fragte nach: „Was ist los, mein Knauperle?"

„Panem et circenses... Seit den Zirkusspielen im römi-schen Reich hat sich nicht viel geändert: Das Publikum will unterhalten werden. Mir ist das hier noch nie so aufgefallen, wie heute Abend... Vielleicht bin ich ja zur Zeit sogar ein wenig überempfindlich... Aber hör' dir doch nur die musikalische Jubelbrause an, die Rosa-rio im Hintergrund laufen lässt. Sonst spielt der doch immer seine italienischen CDs ab? Ich muss ihn gleich einmal fragen, welchen Sender er da in seinem Radio eingestellt hat."

Claudia lächelte: „Seit wann interessierst du dich für Musik im Radio? Zu Hause hörst du doch auch immer nur deine CDs und deine alten Schallplatten..."

Ihr Gesichtsausdruck wurde ernst, sie zog ihre Augen-brauen verärgert zusammen:
„Aber, klar... Der Herr Kommissar hat einen Fall aus der schönen bunten Medienwelt zu bearbeiten... Und da kann er natürlich nicht abschalten... Da hört er auf die Musik aus dem Radio und geht sofort wieder gedank-lich auf die Jagd nach dem- oder den bösen Buben...

Mensch, Konni! Du hast jetzt Feierabend! Genieß' doch bitte einfach mal, dass wir jetzt hier gemütlich sitzen und gleich ein leckeres Essen serviert bekommen!
Konni, mich stört diese Radiomusik nicht. Ich habe auch nichts gegen Unterhaltung. Unterhaltung kann etwas sehr Schönes sein... Man findet Zerstreuung vom Alltag und vergisst eine Zeit lang belastende Probleme und Sorgen. Du solltest jetzt auch langsam abschalten! Du hast Feierabend, Herr Polizeipolizist!"

Rosario servierte das Essen und wünschte *buon appetito*! Knauper dankte und fragte den Patrone nach dem Radiosender. „*Questo musica*? Ist saarländischer Sender, wo ganze groß in Zeitunge steht mit die tote Chef . Habe ich neu in meine Radio eingestellt. Die spiele, was Leut' höre wolle... Ganze Tag *bella musica*."

Claudia meldete sich resolut zu Wort: „So, jetzt wird gegessen! Über Radio und Sender und Musik und Unterhaltung will ich hier absolut nichts mehr hören! Das wäre ja noch schöner, wenn wir uns von diesem Thema jetzt den Appetit verderben ließen!"

RTVS

Den Montag und damit den Start in die neue Arbeitswoche hatte Konrad Knauper gestern vor dem Zubettgehen noch im Partykeller seines Hauses, in den er sich nach dem Essen bei Rosario zurückgezogen hatte, mit einer Flasche *Nobile di Montepulciano* und mit dem Doppelalbum *Black Man's Burdon* auf seiner Stereoanlage in Gedanken durchgeplant: Als Erstes stand heute jedenfalls ein Besuch bei RTVS auf dem Tagesprogramm.

Als Knauper zu Hause über die Treppe zum Frühstück ins Erdgeschoss nach unten stieg, stürzte ihm Max entgegen: „Muss' meine Schultasche noch holen... Komme gleich wieder... Papa, du bist heute wieder in der Zeitung..."
Knauper schüttelte den Kopf und ging wortlos die letzten Treppenstufen hinunter. Als er durch die Küchentür trat, nahm er gerade noch wahr, dass seine Liebste die *Saarland-Zeitung* zusammenfaltete und hinter den Brotkasten legte. Knauper ging auf seine Frau zu und küsste sie flüchtig: „Morgen, Schatz! Musst das Käseblatt gar nicht vor mir verstecken, ich weiß schon... Max hat es mir schon verraten. Was schreiben sie denn?"

Claudia lächelte süß-sauer: „Eine Doppelseite 'Promi-Mord in Saarbrücken' mit Fotos von dem Manager, vom Funkhaus, vom Sendestudio... Und in einem seitlichen Rahmen haben sie ein Bild von dir..."

Knauper griff nach der Zeitung und schlug sie auf. 'KHK Knauper ermittelt' schoss ihm die Schlagzeile ins Auge. Er überflog die Zeilen und knurrte: „Naja, sie drehen das Thema natürlich weiter. Das wird wohl noch ein paar Tage so gehen..."

Als Knauper eine halbe Stunde später seinen Dienst im Landespolizeipräsidium antrat, waren Erwin Schütz und Urs Bender bereits in ein intensives Gespräch verwickelt.

„Morgen, Kollegen! Um was geht's?"

„Morgen, Konni!", lächelte Erwin Schütz: „Wir reden über das Fernsehprogramm von RTVS. Wir haben das gestern Abend ja dienstlich veranlasst einschalten müssen..."

„Genau!", bestätigte Urs Bender knapp: „Herr Knauper, das ist nix für unsereinen. Sorry, aber da lief eine Musikshow 'Das große Fest der Musikanten'. Sorry, aber das war für mich nur Geisterbahn! Wirklich eine

Horrorshow! Da hüpften lauter fidele Lederhosen und pralle Dirndlkorsagen mit absolut unsäglich dämlichen Schlagertexten herum."

„Och, wem 's gefällt...", lachte Erwin Schütz.

„Jetzt sag nur, du hast dir das Programm wirklich angeschaut?", grinste Knauper seinen Kollegen an, der seinerseits fröhlich zurückgrinste: „Klar, ich hatte doch die dienstliche Anweisung! Ich muss allerdings gestehen, Konni, dass darüber meine Ehe in Gefahr geriet. Nach zehn Minuten Dirndl-Parade mit 'Monique-Musique' auf dem Bildschirm hat mir meine Ursel mit Scheidung gedroht. Ich habe wohl zu genau hingeguckt... Ja, und dann musste ich zur ARD umschalten."

„Naja, den *Tatort* kann man sich sonntags meistens anschauen", steuerte Urs Bender trocken bei: „Aber wenn ARD oder ZDF dir mit Florian oder Carmen den Blick vernebeln..." Er lachte lauthals los:
„Für mich gilt mich immer noch ein Satz, den ich vor Jahren mal bei den *Filzläusen* im Kabarett gehört habe: Im Gegensatz zur Schrumpfleber verursacht ein Schrumpfhirn fast keinerlei Beschwerden - solange man das Denken auf ein bestimmtes Maß reduziert."

„Moment mal!", ließ sich Erwin Schütz jetzt wieder lautstark vernehmen: „Zugegeben ist *Dalli-Dalli* auch kein Qualitätsfernsehen... Da kann man sich auch fragen, wozu man Rundfunkgebühren zahlen muss."

„Rundfunkgebühren gibt es nicht", fiel Urs Bender nun seinem Kollegen wieder ins Wort: „Wir zahlen einen 'Rundfunkbeitrag'. Das ist aber auch nur ein Euphemismus, eine freundlicher klingende Umschreibung für diese Zwangsabgabe. Und natürlich schielen die öffentlich-rechtlichen Programme um viertel nach acht mit ihren Sendungen, genauso wie die Privaten, bloß nach Einschaltquoten..."

Knauper klatschte laut in die Hände: „Kollegen, lasst uns mal beim Thema bleiben! Also: was habt Ihr sonst noch über RTVS?"

Urs Bender hatte fleißig recherchiert: „RTVS ist ein Landesmedienhaus, das zur DUM-AG gehört. Die DUM, die Deutsche-Unterhaltungs-Medien AG, ist ein börsennotiertes Unternehmen, das in jedem Bundesland eine Sendelizenz hat. Es gibt also auch RTVB in Brandenburg oder RTVH in Hessen und so weiter. Bei uns im Saarland veranstalten sie ein Fernsehprogramm, das im Kabel und über DVB-T ausgestrahlt wird. Sie senden eine Talkshow, eine Kochshow, eine Musikshow und alte amerikanische Krimiserien. Zweimal täglich – um 18 und um 20 Uhr gibt es eine dreiminütige News-Show, also Nachrichten.

Das Radioprogramm von RTVS kann analog auf einer UKW-Frequenz empfangen werden und wird seit Januar 2013 auch digital über DAB+ verbreitet. Außerdem gibt es einen Internetauftritt mit Livestream und Mediathek für abrufbare Sendungen. RTVS ging am 02. Januar 1984 an der Start und hat zur Zeit rund zweihundert Mitarbeiter."

„Und wie heißt deine Lieblingssendung im Radio?", grinste Erwin Schütz den Neunkircher Kollegen an.

„Es ist jedenfalls eine Show", lächelte Urs Bender schlagfertig zurück: „Sie haben auch da nämlich nur Shows: Eine Morgenshow, die Mittagsshow, die Feierabendshow, die..."

„Danke, das genügt!", kam es jetzt von Knauper, der gestern Abend zwar auch noch das Radioprogramm von RTVS eingeschaltet, nach zehn Minuten aber genervt aufgegeben und sich den Rest des Abends mit seiner Eric-Burdon-Schallplatte versüßt hatte.
Und bevor er dabei ertappt werden konnte, nichts Konkretes zur Programmdiskussion seiner Kollegen beitragen zu können, klatschte er abermals auffordernd in die Hände: „Also, genug davon! Das genügt für einen ersten Überblick. Die aufgeworfene Frage, ob Sender einen Bildungsauftrag haben oder zum Verramschen einer Ware betrieben werden, können wir ein anderes

Mal klären. Jetzt müssen wir an die Arbeit! Unser Kollege Leismann müsste ja schon bei RTVS in der Kantine sitzen und dort Augen und Ohren offen halten?"

Erwin Schütz nickte und folgte Kommissar Knauper, der sich bei seinen letzten Worten schon den Autoschlüssel für den Dienstwagen gegriffen hatte, aus dem Büro.

Dr. Seifer

Während der kurzen Fahrt in die Saarbrücker Innenstadt schaltete Knauper das Autoradio an und bat Erwin Schütz, RTVS auf der UKW-Frequenz 108,3 einzustellen. Bald darauf klang seichte Schlagermusik aus den Lautsprechern. Dann meldete sich ein Ansager, der eine 'Hörer-Service-Ecke' zum Thema 'Umtopfen einer Mehlprimel' ankündigte und einen Gärtner fragte: „Sollte man sich dazu nicht zunächst eine geeignete Unterlage beschaffen?"

„Selbstverständlich", antwortete der Fachmann: „das verhindert, dass Sie hinterher die Blumenerde überall herumliegen haben."

„Oh! Da eignen sich doch die Zeitungen vom Vortag absolut gut!", jubilierte der Moderator über seinen genialen Einfall und war nicht mehr zu bremsen:

„Gleich mehr zu diesem Thema! Hier in der RTVS Morning-Show auf UKW 108,3! Nach der nächsten Musik! Und die kommt von Costa Caracas! Sein Titel 'Sunshine and Love' ist unsere Top-Platte der Woche! Mein Name ist Dennis Nerwer! RTVS auf 108,3! Musik, wie sie das Land mag! Das größte Radio mit den den größten Hits aller Zeiten! Nur hier auf UKW 108,3!"

Knauper rutschte mit einem Ruck auf dem Fahrersitz nach vorne und schaltete das Radiogerät ab: „Hirnloses Dumpfbackengelaber! Es ist wirklich unsäglich!"

Um drei Minuten vor neun rollten Knauper und Schütz in die Tiefgarage des RTVS-Gebäudes in der Saarbrücker Kaiserstraße und stellten den Dienstwagen ab. Sie waren zunächst erstaunt, dass hier offensichtlich jeder ein Ticket ziehen, einfahren und parken konnte.

Ohne jede weitere Zutrittskontrolle stiegen sie durch das Treppenhaus von der Parkebene im Souterrain ins Erdgeschoss hinauf und betraten eine weitläufige, von hohen Glasfenstern eingefasste Halle. Sie sahen sich kurz um um: Linker Hand stand eine mit schwarzem Stoff abgespannte, etwa vier mal sechs Meter große Bühne, darüber hingen Scheinwerfer und Lautsprecher an Aluminiumtraversen.

„Hier machen die immer ihre Events", wandte sich Erwin Schütz an Knauper: „Live On Stage"... Meine Tochter hat dafür schon einmal Eintrittskarten gewonnen."

„Das ist ja prima, dass du dich hier so gut auskennst. Also, wo geht 's lang, Erwin?" fragte Knauper spöttisch und sah sich, ohne eine Antwort abzuwarten, weiter um.

Sein Blick fiel geradeaus auf die rückseitige Raumwand, wo fünf bunt lackierte Zapfsäulen mit blinkenden LEDs und dem Schriftzug 'Soundtankstelle' standen. Statt Benzinschläuchen baumelten mehrere Bündel Kopfhörer aus den Apparaten.

Daneben standen Glasvitrinen, in denen CDs und DVDs, T-Shirts, Caps, Plüschpüppchen und Kaffeebecher ausgestellt waren. Darüber blinkte eine Neonschrift lockend das Wort 'Exklusiv' in die Halle. Offensichtlich sollten hier Merchandisingartikel des Medienkonzerns für teures Geld in Hunderttausenderauflagen an den Mann bzw. die Frau gebracht werden.

An der rechten Seite der Halle saß eine junge Frau hinter einem Schreibtisch. Hinter der herausgeputzten und auffällig stark geschminkten Schönheit konnte Knauper zwei Glasschwingtüren ausmachen, die zu einem Gang führten, an dessen Ende drei Aufzüge zu sehen waren. Er wandte sich in diese Richtung, trat an die junge Dame heran, stellte sich vor, zeigte seinen Dienstausweis und verlangte Auskunft: „Guten Morgen, wir möchten zu ihrem Vorstand!"

„C.E.O. oder C.F.O ?", kam es gelangweilt und mit einem Anflug von gleichgültiger Arroganz in der Stimme zurück.

„Zum Vorstand!", wiederholte Knauper, und Erwin Schütz ergänzte: „Wir müssen mit Ihrem obersten Chef sprechen!"

„Haben Sie einen Termin mit unserem Chief Executive Officer, Dr. Seifer, abgesprochen?"

„Ja", antwortete Knauper unbeeindruckt und hielt ihr seinen Dienstausweis vor die gepuderte Nase: „Und der

Termin ist jetzt! Also, wo finden wir Herrn Dr. Seifer, Ihren schiefen Offizier?"

„In der zwölften Etage, ich melde Sie an.", flötete die Schönheit mit genervten Augenflackern und griff zum Telefonhörer.

Mit einem trockenen „Allez hopp! Zwölfte Etage!" schritt Kommissar Knauper durch die Glastüren, die sich auf wundersame Weise selbsttätig vor ihm auf-schwangen.
„Zwölftes Stockwerk, Konni. Ja, wir wollen jetzt auch 'mal ganz hoch hinaus!", lästerte Erwin Schütz und sprang neben Knauper in den Aufzug.

Als der Lift mit einem kurzen Ruck hielt und sich die Türen öffneten, erwartete sie bereits ein junger Mann im dunkelblauen Anzug: „Guten Tag, ich bin der Per-sonal-Assistant von Herrn Dr. Seifer. Bitte folgen Sie mir!"
Nach wenigen Schritten über einen mit schwarzem Granitplatten gefliesten Flur öffnete er eine breite Tür und mit einem kühlen „Bitte, treten Sie ein!" wies er mit einer knappen Geste, die einem kurzen Wisch durch die Luft glich, auf eine im Raum rechts stehende Sitzgruppe.
Knauper versuchte den Raum mit einem kurzen Rund-blick zu erfassen: Dieses Arbeitszimmer war fast genau-

so groß wie die Halle im Erdgeschoss! Nur die Seitenwand, in die auch die Tür eingebaut war, durch die sie soeben den Raum betreten hatten, war mit Mahagoni vertäfelt. Entlang der Wand flimmerten drei riesige Plasmabildschirme, die eine Kochshow, eine Talkshow und eine Schlagershow übertrugen. Der Ton war abgestellt. Die übrigen drei Seiten des Raumes waren fast vollständig verglast. Die Aussicht über Saarbrücken war beeindruckend.

„Ja, von hier oben hat man einen tollen Ausblick auf unsere Landeshauptstadt", lächelte der Endvierziger, der sich auf der gegenüberliegenden Seite des Raums hinter seinem Schreibtisch erhob und auf die Kommissare zutrat: „Ich bin Dr. Seifer, guten Tag meine Herren! Bitte nehmen Sie Platz!"

„Guten Tag, Herr Dr. Seifer!", antwortete Knauper und Erwin Schütz fügte nickend ein kurzes „Tach!" hinzu.

Dr. Seifer deutete auf die Sessel der Besucherecke: „Nehmen wir doch Platz! Darf ich Ihnen etwas anbieten? Kaffee? Wasser?"
„Nein danke", lehnte Knauper ab und kam sofort zur Sache: „Sie haben ja ganz sicher gehört, was passiert ist?"

„Ja, eine schlimme Sache", antwortete Dr. Seifer und seine Stimme klang dabei ausgesprochen sachlich.

„Sie sind der Vorstand von ...", setzte Erwin Schütz wieder an, aber Dr. Seifer fiel ihm ins Wort und überreichte den beiden Kommissaren nachsichtig lächelnd eine Visitenkarte mit Goldprägung: „Ich bin der Vorsitzende des Vorstandes, der Chief Executive Officer. Wie kann ich Ihnen behilflich sein?"

„Sie haben vom Tod Ihres ..." setzte Knauper an, wurde aber wieder von Dr. Seifer unterbrochen, der ihn korrigierte: „Dr. Schwallborn war unser Vorstand Programm, New Media & Diversification."

Erwin Schütz wusste, dass der Chief Executive Officer nach der abermaligen Unterbrechung spätestens jetzt bei Konrad Knauper jegliche etwaige Sympathie verloren hatte und verschaffte seinem Kollegen eine emotionale Pause: „Herr Dr. Seifer. Normalerweise unterhalten wir uns bei Mordfällen in unserem Büro und protokollieren alles. Unser Gespräch heute dient zunächst einmal dem Kennenlernen. Wir stellen jetzt ein paar Fragen und Sie antworten bitte. Ich mache Sie darauf aufmerksam, dass wir wahrheitsgemäße Angaben von Ihnen erwarten. Also: Ihr ermordeter Kollege war der Verantwortliche für die Funk- und Fernsehprogramme?"

Dr. Seifer hüstelte vor sich hin und verschaffte sich damit eine Pause zum Nachdenken: „De mortuis nihil nisi bene... Nun ja, sagen wir mal so: Er hat die Verantwortung für unsere Programme von seinem Vorgänger übernommen. Und er war sicher auch immer redlich bemüht, eigene 'Duftmarken' zu setzen, neue Programmideen zu konzipieren und RTVS kontinuierlich weiterzuentwickeln."

Knauper schaltete sich wieder in das Gespräch ein: „Seit wann war er bei Ihnen beschäftigt, und wie kam er zu RTVS?"

„Dr. Schwallborn kam auf Vermittlung eines Headhunters und Beraters aus der Medienbranche zu uns. Nichts Ungewöhnliches also. Er ist jetzt seit fünf... ehm, er war jetzt seit fünf Jahren für uns tätig."

Erwin Schütz machte sich einen Eintrag in seinen Notizblock. Dr. Seifer fuhr ungefragt fort: „Wir werden dem Aufsichtsrat Herrn Lars Bresser als Nachfolger von Dr. Schwallborn vorschlagen. Herr Bresser hat sich in den letzten Jahren insbesondere durch eine bemerkenswert geschickte Personalführung in seinem Zuständigkeitsbereich ausgezeichnet."

„Ach, ein Nachfolger steht schon fest?", wunderte sich Knauper: „Was meinen Sie mit 'bemerkenswert geschickt'? Inwiefern hat er sich denn Herr Bresser mit seiner Personalführung ausgezeichnet? Und was genau ist denn bitte sein Zuständigkeitsbereich in ihrem Haus?"

Dr. Seifer schaute gelangweilt: „Der Zuständigkeitsbereich von Herrn Bresser umfasste bisher sämtliche Radioprogramme... Und da hat er sehr geschickt operiert. Sie müssen wissen, dass unsere Branche unter enormem Kostendruck steht. Da müssen wir sehen, dass wir die vorhandenen Human Ressources möglichst effektiv einsetzen und uns dabei an den Präferenzen der Rezipienten orientieren...“

„Rezi... was?“, unterbrach Knauper gereizt.

„Ehm... also unsere Zuschauer und Zuhörer... Es gibt verschiedene Mediennutzertypen und die haben verschiedene Vorlieben“, begann der C.E.O. zu dozieren: „Schauen Sie: Man kann das Mediennutzungsverhalten der erwachsenen Bevölkerung genau segmentieren. Dazu werden musikalische Präferenzen, Grundwerte, Freizeitaktivitäten, Lebensziele, Themeninteressen und so weiter abgefragt. Das machen wir im Frühjahr und im Herbst per Telefon. Mit der Analyse der Umfragen erhalten wir ein differenziertes Bild der Zielgruppen für unsere Programmangebote.“

„Deshalb wird also im Radio, abgesehen von drei Minuten Nachrichten und fünfzehn Minuten Werbung pro Stunde, nur noch Musik gespielt und in allen Fersehsendungen gekocht, getalkt und gejodelt?“, warf Erwin Schütz mit unüberhörbarer Ironie in der Stimme ein.

In der gleichen Tonlage fragte Knauper nach: „Nachfolger Bresser hat sich also mit Koch- und Jodelsendungen ausgezeichnet?"

Dr. Seifer schaute gelangweilt auf seine Armbanduhr und ignorierte die Provokation der Kommissare:
„Nein, meine Herren! Es gibt bei den Mediennutzertypen beispielsweise die Gruppe der häuslich zurückgezogen Lebenden und insbesondere an Heimat und Brauchtum Interessierten. Oder eine Gruppe der 'Erlebnisorientierten', die stärker an aktuellen Trends interessiert sind. Oder die 'klassisch Kulturorientierten', wie wir früher sagten. Heute heißt diese Gruppe 'kulturorientierte Traditionelle'. Und da nun, was das Mediennutzungsverhalten anbelangt, in Permanenz ein Wandel stattfindet, ist zum Beispiel das Interesse an Wissenschafts- oder Kultursendungen, einmal ganz platt gesagt, heute sicher nicht mehr so groß wie in den 50er oder 60er Jahren des letzten Jahrhunderts. Das dürften Sie verstanden haben, ja?"

Ohne eine Antwort der beiden Kommissare abzuwarten, setzte der C.E.O. seine Ausführungen fort:
„Ich habe das für Sie soeben einmal sehr vereinfacht ausgedrückt. Und, um es noch einmal ganz simpel auszudrücken, meine Herren: Es geht darum, dass in bestimmten Bereichen unseres Konzerns bestimmte Aufgaben anfallen, aber diese Programmaufgaben können

heutzutage ganz andere sein als vor fünf oder zehn Jahren. Sie brauchen folglich weniger Personal als früher für... ehm... eine Kulturredaktion beispielsweise. Dazu kommt, wie bereits erwähnt, der immense Kostendruck, unter dem die gesamte Branche steht... Und das hat sich denn auch bei uns in den letzten drei, vier Jahren leider auch in einer kontinuierlichen Absenkung des Peronalbestandes niedergeschlagen. Herr Bresser hat auf diesem Feld geschickt agiert und sich ausgezeichnet."

Knauper kniff die Augen zusammen: „Gestatten Sie, dass ich es auch einmal ganz simpel ausdrücke: Sie sprechen von einer 'kontinuierlichen Absenkung des Peronalbestandes' und meinen doch damit nichts anderes als Entlassungen? In welchem Umfang hat denn der Personalabbau stattgefunden oder findet er statt?"

Wieder blieb der RTVS-Vorstandsvorsitzende betont kühl:
„Zunächst einmal, meine Herren, waren alle unsere diesbezüglichen Maßnahmen absolut sozialverträglich! Wir haben insbesondere durch Nichtbesetzung frei werdender Stellen Geld eingespart. Letztendlich hat die Umstellung aller Produktionsbereiche auf digitale Technik uns das ermöglicht."

Erwin Schütz legte seinen Schreibblock aus der Hand und stand vor Dr. Seifer auf: „Mir scheint, Sie haben die Frage meines Kollegen nicht verstanden? Nun gut, dann frage ich Sie jetzt noch einmal: Wie viele Mitarbeiter haben Sie entlassen? Und in welchem Zeitraum?"

„Na, Herr Kommissar! Bitte nehmen Sie doch wieder Platz! Entlassen... Was ist das für ein Wort... Wir mussten uns an die veränderten Marktbedingungen anpassen und haben deshalb unser Unternehmen in den letzten drei, vier Jahren verschlankt... Durch Maßnahmen der Altersteilzeit oder mit Abfindungszahlungen... Aber wie bereits gesagt: das geschah alles absolut sozialverträglich!"

Knauper hakte gereizt und mit deutlich erhöhter Lautstärke noch einmal nach: „Um wie viele Mitarbeiter handelt es sich!?"

Dr. Seifer hüstelte: „Die genaue Zahl habe ich nicht zur Hand... ich denke, dass trimedial betrachtet..."

„Tri-was?", grätschte Knauper unwirsch dazwischen.

„Ehm... Radio plus Fernsehen plus Neue Medien... in diesen drei Feldern dürften...ehm... Etwa 130 Stellen müssten frei geworden sein."

Erwin Schütz nickte Knauper zu, setzte sich wieder hin, griff nach seinem Block und schrieb.

„130 Stellen hat Herr Bresser also in den letzten vier Jahren abgebaut? Und das ging alles reibungslos?", fragte Knauper ungläubig.

„Nein, Herr Bresser hat nur auf der Arbeitsebene des Radios die erforderlichen Schritte eingeleitet. Das Gesamtpaket hat ein Lenkungsausschuss unter Federführung von Dr. Schwallborn geschnürt."

Kommissar Knauper knurrte grimmig: „Herr Dr. Seifer, wir bearbeiten einen Mordfall! Also reden Sie jetzt bitte endlich einmal Klartext! In ihrem Haus gab oder gibt es also einen 'Lenkungsausschuss', der die Aufgabe hatte oder hat, Personal abzubauen? Ist das so? Und wenn ja, wer alles gehörte oder gehört diesem Lenkungsausschuss an?"

Der Medienmann nickte mit Bedacht: „Meine Herren! Selbstverständlich unterstütze ich Sie, wie und wo immer ich kann. Wie gesagt, unsere Herren Bresser und Dr. Schwallborn bildeten den Lenkungsausschuss, dem außerdem noch mein Vorstandskollege 'Human Resources', Herr Herlein angehört."

Erwin Schütz entfuhr, über seinen Schreibblock gebeugt, ein leises „na also", und er machte sich weiter Notizen. Kommissar Knauper schwieg eine Weile. Er überlegte kurz, entschloss sich dann aber zu der Frage: „Herr Dr. Seifer, einmal anders und direkt gefragt: Können Sie sich vorstellen, dass ehemalige oder auch jetzige Mitarbeiter ihres Hauses ein Motiv gehabt haben könnten, den Dr. Schwallborn umzubringen?"

„Ausgeschlossen!", entrüstete sich der C.E.O. „Wir legen großen Wert auf ein gesundes und konstruktives Betriebsklima."

Knauper erhob sich aus seinem Sessel: „Nun gut. Ja, das war es dann auch schon für jetzt. Eine Bitte haben wir noch: Wir würden uns gerne auch noch kurz mit Herrn Bresser unterhalten... ehm... ja, und mit Ihrem Personalchef."

„Unser Vorstand Human Resources, Herr Herlein, sitzt eine Etage tiefer. Ich werde Sie anmelden lassen! Herr Herlein kann Sie dann anschließend auch zu Herrn Bresser leiten."

Bresser

Zehn Minuten später standen die beiden Kriminalbeamten in der 11. Etage des Gebäudes im Büro des Personalchefs, der ihnen eine Visitenkarte mit der Aufschrift „Peter Herlein - Vorstand Human Resources - RTVS - DUM AG" überreichte und versprach, dem Wunsch der Kommissare folgend, innerhalb der nächsten Stunden eine Liste mit den 'Freistellungen' und 'Freisetzungen' der zwei letzten Jahre zusammenzustellen. Sodann begleitete er die beiden Kommissare eine Etage tiefer in das Büro von Lars Bresser und verabschiedete sich.

Lars Bresser, ein Mitvierziger mit schütterem Haar, bot den Kommissaren Platz an:
„Ich habe schon gehört, dass Sie mich in Sachen Dr. Schwallborn aufsuchen?"

„Da sind Sie richtig informiert", antwortete Knauper knapp und mit einem unausgesprochenen Fragezeichen im Klang seiner Stimme.

Ungerührt lächelte Lars Bresser den Kriminalbeamten entgegen: „Information ist doch mein Geschäft."

„Herr Bresser, Sie werden also die Nachfolge von Herrn Dr. Schwallborn antreten?", kam Erwin Schütz jetzt ohne weitere Umschweife zur Sache.

„Wenn der Aufsichtsrat dem Vorschlag des Vorstandes folgt, ja!", kam die Antwort ohne Zögern.

„Herr Bresser, Sie profitieren sozusagen von Dr. Schwallborns Tod?", zischelte Knauper leise und schaute mit hochgezogenen Augenbrauen sein Gegenüber abwartend an. Anscheinend völlig unbeeindruckt kam sofort die Antwort:
„Ach Gott, ja. Es steht Ihnen natürlich frei, das so auszudrücken. Und wenn Sie jetzt wissen wollen, wo ich den Freitagabend zugebracht habe: Bei mir zu Hause! Ich habe mit ein paar netten Kollegen einen Spieleabend gemacht. Die Namen aller Beteiligten kann ich Ihnen gerne aufschreiben."

Bresser hatte diese Sätze mit stoischer Ruhe ausgesprochen, war dabei aufgestanden und hatte an seinem Schreibtisch eine Namensliste auf ein Stück Papier gekritzelt, das er Knauper entgegenhielt: „Bitte schön! Und wenn Sie weitere Fragen haben – Melden Sie sich einfach wieder! Ich wünsche einen guten Tag!"

Knauper und Schütz schauten sich sprachlos an. Dann sagte Knauper: „Wir werden uns ganz sicher wieder bei

Ihnen melden, Herr Bresser! Sie dürfen uns dann im Landespolizeipräsidium besuchen und unsere weiteren Fragen beantworten. Bis dahin wünschen auch wir Ihnen einen guten Tag!"

Auf der Rückfahrt ins Landespolizeipräsidium hörten Knauper und Schütz im Autoradio wieder das RTVS-Radioprogramm: Jetzt war ein 'Star der Woche' Studiogast und erzählte, es hätte ihm große Freude gemacht, eine neue CD mit zwölf Balladen zu produzieren. Der Radiomoderator fragte mit ehrfurchtsvollem Klang in der Stimme: „Costa, ich darf diese CD heute hier bei RTVS präsentieren? Das ist super-toll! Das ist ganz groß!"

Der Schlagersänger bedankte sich brav für so viel Unterwürfigkeit: „Ja, und ich bin gerne hier bei RTVS und bei Dir, lieber Manuel. Mit meiner neuen CD bin ich dem Wunsch meiner zahlreichen Fans nachgekommen. Und ich habe diese CD ja auch in Zusammenarbeit mit RTVS wirklich sehr, sehr gerne produziert!"

„Und es ist ein schönes Album geworden! Und es ist ein tolles Album geworden!", schleimte der Ansager wieder los: „Und daraus hören wir jetzt den Titel 'Loneliness und Einsamkeit'. Eine sehr, sehr gefühlvolle Ballade! Exklusiv hier bei RTVS auf UKW 108,3! Ich bedanke mich für den Besuch im Studio bei Costa Caracas! Mein Name ist Manuel Stapler! Musik, wie sie das Land mag! Nur hier auf UKW 108,3! Das größte Radio mit den größten Hits aller Zeiten! RTVS auf 108,3!"

Jetzt war es an Erwin Schütz, das Radio auszuschalten: „Das ist wirklich unerträglich! Früher gab es noch so etwas wie 'Musikjournalismus'. Da wurden neue Platten kritisch besprochen und Hintergrundinformationen zu den Musikern gegeben. Geklaute Melodieanteile wurden entlarvt, Texte auf ihren Gehalt abgeklopft. Was die da eben gelabert haben, ist akustische Onanie!"

„Ja", pflichtete Knauper knapp bei: „Bei denen ist es anscheinend wirklich nur noch wichtig, dass der Strom im Sendestudio nicht ausfällt. Was gesendet wird, spielt keine Rolle mehr. Da lob' ich mir die öffentlich-rechtlichen Sender, bei allen Mankos, die die mittlerweile ja auch haben."

„Hör' mir doch auf, Konni!", verneinte Erwin Schütz: „Die Diskussion hatten wir doch heute Morgen schon einmal. Da dauern Interviews doch auch nur noch eineinhalb Minuten und die Nachrichtensendungen maximal drei Minuten. Oder sie senden als öffentlich-rechtliches Alibi ein- oder zweimal am Tag zehn Minuten

Information am Stück. Das war es aber dann auch. Der Rest ist doch bei denen auch nur seichte Soße."

„Bei mir haben Interviews auch schon 'mal acht Minuten Länge!", erwiderte Knauper trotzig: „Ich höre morgens meistens *Deutschlandfunk*. Und ich habe den Eindruck, dass ich da immer noch, allem Zeitgeist zum Trotz, umfassende und journalistisch sauber aufbereitete Informationen bekomme und sogar spritzige Kommentare. Und wenn ich Musik hören will, lege ich mir sowieso etwas aus meiner eigenen Plattensammlung auf."

Fakten und Gerüchte

Nach einem kurzen Aufenthalt in der Polizeikantine - auf der Speisekarte stand 'Gegrillte Hähnchenbrust mit Ananas-Mango-Chutney auf Basmatireis' - trafen sich Kommissar Knauper und Erwin Schütz mit Urs Bender um 14 Uhr im Besprechungsraum der Mordkommission 'Funkhaus', um die bisherigen Ermittlungsergebnisse auszutauschen.

Zunächst erstattete Urs Bender Bericht. Er hatte noch am Sonntagnachmittag mit den Kollegen der Kriminaltechnik sowohl die Privatwohnung von Dr. Schwallborn am Saarbrücker Staden, als auch dessen Büro im RTVS-Hochhaus besichtigt. In der Privatwohnung hatten die Beamten keine irgendwie verwertbaren Spuren gefunden. Das einzig Auffällige dort waren teure Tapeten, teure Teppiche, Designermöbel, teure Anzüge und teure Hemden im Kleiderschrank. Ein Schreibtisch stand in der Wohnung nicht, aber im Schlafzimmer lag auf einem Sideboard ein Tablet-PC neuester Bauart. Das Gerät war den EDV-Spezialisten im Landespolizeipräsidium zur Auswertung übergeben worden.

Im Funkhaus hatte Urs Bender mit den Kriminaltechnikern in der 11. Etage, ebenfalls noch am Sonntag, das Büro des Mordopfers unter die Lupe genommen. Die Fotos, die dabei aufgenommen worden waren und die Urs Bender den Kollegen jetzt mit einem Beamer vorführte, ließen den Schluss zu, dass das Mordopfer auch in seinem Büro offensichtlich eine luxuriöse und exquisite Ausstattung liebte: Alleine das rindlederne Chesterfield-Sofa, das mitten im Raum stand, kostete nach Benders Recherchen um die 8.000 Euro. Die Schreibtischlampe, poliertes Messing mit weißem Opalglasschirm - Art Deco um 1920 - hatte einen Wert von um die 2.500 Euro.

„Der Teufel scheißt doch immer wieder auf den größten Haufen", ließ sich Erwin Schütz vernehmen.

„Nur kein Neid!", grinste Knauper, „die Schreibtischlampe aus dem Jahr 1978 in deinem Büro wird auch noch einmal wertvoll!"

Bender fuhr mit seinem Bericht fort: „Wir haben in Schwallborns Büro einen Computer sichergestellt und acht Ordner 'Personalmaßnahmen'. Die Kollegen von der IT-Dienststelle sind schon an der Auswertung des PCs. An die Unterlagen in den Aktenordnern mache ich mich gleich im Anschluss an unsere Sitzung. Außerdem haben wir einen Ordner 'Programmprojekte' vorgefunden. Und weil dieser Ordner ziemlich dünn ist, habe ich da heute Vormittag schnell noch reingeschaut. Abgeheftet sind eine Projektskizze 'Sonny Siegers Schlager Show' und ein Entwurf 'Costas Saarland Club Show'. Bei beiden Sendungen handelt es sich um das gleiche Format: Fröhliches Schlager-Trullalla mit Ober-

fidelen Unterbergern und Florian Singezahn und so...
Und ein weiteres Exposé beschreibt so eine Art 'Wohlfühl-TV-Show'. Die soll wohl mit Hotels gemacht werden, die mit Cleopatra-Bad, Chi-Yang Energiemassage
und Balinesischem Kokospeeling und so etwas werben.
Das Büro Schwallborn haben wir versiegelt."

Knauper nickte kurz, dachte an die vormittäglichen
Äußerungen des RTVS-Vorstandsvorsitzenden Seifer in
Sachen 'Schwallborns Duftmarken und Programmideen' und grummelte mit einem Achselzucken: „Das ist ja
nicht viel... Das ist eher gar nix..."

„Na, jetzt warte ab", beschwichtigte Erwin Schütz,
„Rom wurde ja auch nicht an einem Tag ..." und
brach mitten im Satz ab, weil sich die Tür öffnete und
Kommissaranwärter Leismann unerwartet das Besprechungszimmer betrat.

„Donnerwetternochemoo, Sie sollen doch im Medienhaus sein und in der Kantine Zeitung lesen!", schnauzte
Knauper den Kommissaranwärter an, der daraufhin unsicher nach Worten suchte:

„Das habe ich... ehm... ich hab doch in der Kantine..."

„Was haben Sie?", polterte Knauper ungehalten weiter.

„Eine Menge Beobachtungen, Herr Knauper... Ich falle da aber auf, wenn ich den ganzen Tag in der Kantine sitze", entgegnete Kommissarwärter Leismann zunächst ziemlich eingeschüchtert, wurde dann aber Wort um Wort sicherer, als er weiter Bericht erstattete:
„Ich habe wirklich schon einiges in Erfahrung gebracht!"

Hendrik Leismann schilderte, dass er an einem Nebentisch der Funkkantine eine Unterhaltung zwischen zwei Betriebsräten aufgeschnappt hatte. Dabei ging es darum, dass der Arbeitsvertrag von Dr. Schwallborn damals so hoch dotiert gewesen sein soll, dass Dr. Seifer sich seine Bezüge vom Aufsichtsrat hatte ordentlich aufstocken lassen, damit der Abstand zwischen C.E.O. und dem Vorstand Programm, New Media & Diversification wieder stimmte. Gleichzeitig soll die Belegschaft auf Lohn- und Gehaltserhöhungen verzichtet haben, um damit einen Solidarbeitrag zur Zukunftssicherung des saarländischen RTVS-Standortes zu leisten.

„Von wegen Kostendruck...", zischelte Erwin Schütz halblaut zwischen den Zähnen hervor.
Knauper räusperte sich: „Ja, Leismann... das sind aber doch wohl, wie Sie selbst sagen, Gerüchte... Gerüchte, die sie aufgeschnappt haben?"
„Ich habe aber auch ganz konkrete Äußerungen, Herr Knauper", antwortete Kommissaranwärter Leismann jetzt beherzt: „Der Nachfolger für Dr. Schwallborn

steht wohl schon fest: Lars Bresser heißt der Mann und er soll das 'richtige' Parteibuch haben! Dem sind viele in der Kantine hinterhergelaufen und haben ihm gratuliert. Er hat dazu breit gegrinst und ich habe ihn selbst sagen hören 'So ist das Leben! Des einen Tod – des anderen Brot'. Wenn sie mich fragen, ist das kein pietätvolles Verhalten."

„Ich frage Sie aber nicht.... Weiter!", nuschelte Knauper mürrisch.

Jetzt druckste Leismann wieder herum: „Ehm... wie soll ich sagen... Also, gut: Ich musste auch mal zur Toilette gehen..."

„Mensch, Leismann!" platzte es aus Knauper heraus: „Bleiben Sie bei der Sache und lassen Sie es raus!"

„Ja, will ich ja...", stotterte der Kommissaranwärter: „Also... Während ich also da auf der Toilette saß, kamen Leute rein, die... Naja, die pinkelten halt und haben sich dabei unterhalten. Ich konnte die Männer ja nicht sehen, aber sie sprachen davon, der Schwallborn hätte aus RTVS einen 'Rheumadeckensender' gemacht und sei eine totale Platzpatrone gewesen, die nur laut knallt... wo aber nix bei rauskommt... Es fielen Ausdrücke wie 'Bossing-Bastard' oder 'Personalschinder' und einmal sogar wörtlich 'der Drecksack hat es verdient'.

Sehr beliebt war der Dr. Schwallborn also bei einigen Leuten ganz sicher nicht."

Erwin Schütz meldete sich zu Wort und deutete auf seinen Notizblock: „Heute Vormittag hieß das noch 'sozialverträgliche Verschlankung' und 'gesundes und konstruktives Betriebsklima'. Aber nach dem, was Kollege Leismann soeben erzählt, hat uns der Dr. Seifer Märchen aufgetischt und der ganze RTVS-Fisch stinkt gewaltig! Und zwar vom Kopf her! Und meilenweit gegen den Wind!"
Knauper blickte nachdenklich zu Erwin Schütz hinüber und fragte dann leise und mit milder Stimme an Leismann gewandt: „Gut gemacht! War 's das?"

Leismann schüttelte den Kopf: „Nein, ich hab noch ein Gerücht aufgeschnappt: Dr. Schwallborn soll vor einem halben Jahr eine im Sender und beim Publikum sehr beliebte Musikshow-Moderatorin abserviert und kaltgestellt haben. Und zwar mit dem Satz: 'Das Publikum will Knackärsche sehen!' Die Frau heißt Monika Dallemot..."

„Klar! Kenne ich doch!", platzte Erwin Schütz in Leismanns Schilderungen hinein: „Da laufen Wiederholungen, gestern Abend noch! Monique Musique...
Plötzlich war sie mit den Live-Shows weg vom Bildschirm. Eine Zeitlang ist mir das noch aufgefallen..."

„Aha! Du schaust also schon eine ganze Zeit lang dienstlich veranlasst RTVS?", höhnte Bender und grinste vielsagend.

„Die Frau heißt also Monika Dallemot", nahm Leismann seinen unterbrochenen Satz wieder auf. „Sie soll sich im Elsass auf einen Bauernhof in der Nähe von Gérardmer zurückgezogen haben. In der Kantine ist auch darüber geredet worden, dass der Schwallborn sie gemeinsam mit dem 'Pickel-Pitchen' so gemobbt haben soll, dass sie psychisch und physisch..."

„Pitchen wer?", krähte Knauper dazwischen.

Kommissaranwärter Leismann nahm den Faden wieder auf: „Der Personalchef Peter Herlein, der Vorstand 'Human Resources', den haben sie in der Kantine fast alle immer nur 'Pickel-Pitchen' oder auch den 'Igelwurm' genannt. Und der 'Pickel-Pitchen', also der Vorstand Herlein, der soll gemeinsam mit dem schon erwähnten Bresser und dem ermordeten Schwallborn auch einen Sportreporter... ehm... Moment, ich hab den Namen gleich... hier: Roland Sauer aus Völklingen... Also... den sollen die drei systematisch so fertig- und kaputtgemacht haben, dass der Sauer aus Verzweiflung einen Auflösungsvertrag unterschrieben und den Sender verlassen hat. Und das soll auch gerade einmal vor einem viertel Jahr passiert sein."

Frühstück

Am nächsten Morgen saß Kommissar Knauper mit seiner Frau Claudia in ihrem Häuschen auf dem Eschberg am Küchentisch, war sehr einsilbig und hatte nur eine Tasse schwarzen Kaffees vor sich stehen.

In Radio ging es zwar alle halbe Stunde immer noch um den Mord an Dr. Schwallborn, aber insgesamt hatte der Rummel etwas nachgelassen und im Landeskriminalamt gingen täglich nicht mehr so viele Interviewanfragen ein.

Die Berichterstattung auf den verschiedenen Frequenzen hatte sich merklich verändert. Statt fünf Minuten lang, wurden Mutmaßungen und Spekulationen jetzt nur noch in zweieinhalb Minuten langen Interviews, von aus aller Welt herbei telefonierten, Fachleuten verbreitet.

Knauper dreht sich der Magen um, wenn die Fragen der Radiojournalisten mit „Könnte es sein, dass...?" begannen. Für ihn war das der Gipfel der Belanglosigkeit. Herzhaft lachen konnte er andererseits, wenn im Kulturradio der Saarbrücker Mordfall dafür herhalten musste, dass ein Professor für Medienökonomie zu Prozessen des politischen und ökonomischen Wandels in digitalen und vernetzten Medien und den daraus resultierenden Folgen für eine demokratisch verfasste Gesellschaft befragt wurde.

Claudia lächelte ihren Mann freundlich an. Wenn ihr 'Knauperle' morgens so wortkarg war, dann war das keine Ablehnung ihr gegenüber. Sie wusste, dass ihr Mann dann statt an seinem Frühstück sozusagen an seinem Mordfall kaute und mit den Gedanken schon wieder ganz bei seinen Ermittlungen war.

Claudia stand auf, stellte sich hinter den Stuhl ihres Mannes, beugte sich über ihn und umarmte ihn: „Soll ich dir was zum Frühstück einpacken, Konni?"

Knauper beantwortete die liebevoll gemeinte Frage seiner Frau nur mit einem knurrenden „Lass mal! Ich fahre durch die Mainzer Straße und hole mir unterwegs ebbes...", stand auf und ging in die Diele. Claudia folgte ihm und lächelte ihn auf dem Weg zur Haustüre an: „Gib auf dich acht! Überfordere dich nicht! Denk' dran: Ich liebe dich!"

Knaupers Antwort bestand zunächst wiederum nur in einem lustlosen, langgezogenen „jòò". Dann wandte er sich aber doch noch einmal seiner Frau zu:
„Ich liebe dich auch! Es kann heute spät werden. Tschüss, meine Liebste!"

An seinem Schreibtisch angekommen, nahm der Kommissar aus seiner Aktentasche eine pralle Papiertüte, die er sich in seiner Lieblingsmetzgerei in der Mainzer Straße bei einem kurzen Zwischenstopp auf dem Weg zur Arbeit hatte füllen lassen: Spitzweck, belegt mit vier Scheiben Schinken, Mimbacher Saftschinken mit Landhonigkruste aus der Biosphäre.

Genussvoll breitete Knauper eine weiße Papierserviette vor sich auf dem Schreibtisch aus, legte den Frühstücksweck darauf ab, beugte sich mit dem Kopf darüber und atmete tief, ganz tief durch die Nase ein. Beim aufsteigenden, salzig-würzigen Duft des Schinkens lief dem Kommissar das Wasser im Mund zusammen. Trotzdem wartete Knauper immer noch einen Moment ab, bevor er zubiss. Denn die Vorfreude auf die aromatische Köstlichkeit aus der Biosphäre konnte den Genussmoment im Augenblick des Zuschnappens ganz unermesslich steigern. An Tagen wie heute, an denen schon früh morgens absehbar war, dass sie mit Arbeit überfüllt sein würden, war ein Saftschinken-Weck für Knauper der reinste Seelentrost und Wonnespender. Und so biss er denn auch schließlich herzhaft zu...

„Mahlzeit, Konni!" Erwin Schütz betrat Knaupers Büro: „Lass Dich nicht stören! Ich habe mir überlegt, ob wir heute nicht einmal mit dem Betriebsrat bei RTVS reden? Von wegen 'sozialverträglicher Verschlankung' und Betriebsklima und so... Konni, das geht mir einfach nicht mehr aus dem Kopf, was wir da gestern mitbekommen haben. Mein lieber Mann! Das ist doch ein Unding!"

„Hm...", röchelte Knauper mit geschlossenen Augen zustimmend, und mit übervollem Mund kauend.

„Konni, wenn nur ein Bruchteil von Leismanns Beobachtungen stimmt, dann haben wir einen ganzen Stall von Leuten, die ein Motiv haben könnten, den Schwallborn umzubringen. Wir sollten uns wirklich jetzt einmal mit dem Betriebsrat unterhalten!"

„Ja, denke ich auch...", knarzte Knauper und spürte mit seiner Zunge Schinkenpartikeln in seiner Mundhöhle nach: „Du hast es ja gestern gehört: Etwa 130 Personen werden auf der Liste sein, wenn wir uns die bei dem Pickel-Pit... ehm, dem Personalvorstand abholen. Erwin, warte bitte noch fünf Minuten! Ich schaffe meinen Weck noch weg, dann fahren wir. Ich hole dich in deinem Büro ab!"

Mettler

Knauper und Schütz fuhren zum RTVS-Gebäude in der Innenstadt und stellten ihren Dienstwagen wieder in der Tiefgarage des Medienhauses ab. In der Erdgeschosshalle steuerten sie direkt auf den Schreibtisch mit der auch heute auffällig stark geschminkten und tief dekolletierten Schönheit zu, die die beiden Kriminalbeamten wieder mit einem gelangweilten und geringschätzenden Blick taxierte: „Sie wollen zu unserem C.E.O... okay, ich melde Sie an..."

Noch während das top durchgestylte Wesen zum Telefonhörer griff, knurrte Knauper den blonden Empfangsengel an: „Ach, Sie sind Hellseherin? Dann sollten Sie ihren Job wechseln! Also: Wir suchen das Betriebsratsbüro!"

Das Dekolleté stieß mit spitzem Mündchen ein kurzes „Phh!" aus und flötete beleidigt: „Erste Etage, Zimmer 121, Herr Mettler."

Knauper lachte seinen Freund und Kollegen an, reckte den rechten Arm nach oben und kreiste mit der nach vorne gekehrten Hand langsam durch die Luft: „Auf geht's, Erwin!"

Schütz lachte lauthals: „Konni, wir nehmen doch keinen Hubschrauber! In die erste Etage gehen wir zwei zu

Fuß! Hopp, wer als Erster oben ist!" Er sprang los und nahm auf den ersten Metern zwei Treppenstufen auf einmal. Knauper hatte anfangs Mühe, seinem Kollegen zu folgen, aber schließlich standen beide schnaufend nebeneinander im ersten Stockwerk und suchten sich in einem langgezogenen Flur bis zum Türschild „121 – Betriebsratsbüro" durch. Dort wurden sie von einem Mann mittleren Alters bereits erwartet:

„Sie sind mir vom Empfang schon angekündigt worden! Ich bin Martin Mettler, der Betriebsratsvorsitzende. Bitte kommen Sie herein, meine Herren!"

Die Kommissare und der Betriebsratsvorsitzende nahmen an einem Besprechungstisch mit Stühlen für neun Personen Platz und Knauper eröffnete das Gespräch:

„Wir sind hier, weil wir uns dienstlich mit dem Tod von Dr. Schwallborn befassen müssen. Uns ist dabei zu Ohren gekommen, dass sein Tod hier im Haus nicht überall... sagen wir mal... nicht überall 'betrauert' wird. Herr Mettler, klären Sie uns doch bitte zunächst einmal ganz allgemein über das Betriebsklima auf, das bei Ihnen herrscht!"

„Ach, wissen Sie...", begann der Betriebsratsvorsitzende und wiegte den Kopf auf seinem auffällig kurzen Hals bedächtig hin und her, „wissen Sie, es ist bei uns sicher wie überall. Ein paar Probleme gibt es heutzutage doch in jedem Unternehmen."

„Geht es auch ein wenig konkreter?", fragte Knauper knapp nach und lächelte Mettler an, denn er war bemüht, seine Ungeduld nicht offensichtlich werden zu lassen.

„Nun ja... Die Kolleginnen und Kollegen, die hier täglich zur Arbeit zusammenkommen, bilden für acht-, neun Stunden sozusagen eine Zweckgemeinschaft. Und es ist doch völlig normal, dass dabei nicht jeder Einzelne alle Menschen hier rundum als angenehm empfindet. Einige wenige Kollegen bekämpfen und bekriegen sich halt. Aber das gibt es, wie gesagt, ja überall. Oft sind es jüngere Kolleginnen und Kollegen, die mit den älteren aneinandergeraten. Wir haben noch eine Handvoll ältere Redakteure bei uns... die analysieren und reflektieren gerne... Die haben sozusagen noch das 68er-Gen aus dem vorigen Jahrhundert in sich."

Knauper rechnete insgeheim nach, wie alt er damals war, als er an Roter-Punkt-Aktionen und Ostermärschen teilgenommen hatte und fragte dann knapp nach: „Und die jüngeren Mitarbeiter?"

„Die machen, was ihnen angesagt wird", antwortete der Betriebsrat: „Das ist ja auch nur zu verständlich. Die haben ja bloß Zeitverträge oder sind Praktikanten. Da wird nicht mehr viel gedacht und diskutiert... Früher fühlten sich die Mitarbeiter fürs Ganze verantwortlich und es gab ständig engagierte Diskussionen über unsere Programminhalte. Heute wird nur noch über Kostenstrukturen und Einschaltquoten geredet. Es ist keine Moral mehr im Mediengeschäft..."

Erwin Schütz blätterte in seinem Notizblock „Lassen Sie uns über den Herrn Dr. Schwallborn sprechen: Uns sind Gerüchte zugetragen worden, wonach Herr Schwallborn sozusagen als 'Bulldogge' einige personalpolitische Gemeinheiten veranstaltet haben soll, zusammen mit Herrn Bresser, der dabei die Rolle des 'Wadenbeißers' übernommen hat und dem... Momentchen... ja, hier hab ich es: gemeinsam mit dem Vorstand 'Human Resources', Herrn Herlein. Und der soll sogar einem wenig schmeichelhaften Spitznamen haben?"

Der Gewerkschaftsmann lachte bitter auf, zog die Achseln hoch und überlegte ein paar Sekunden, bevor er leise antwortete: „Als Betriebsrat ist es meine Aufgabe, vertrauensvoll mit der Geschäftsführung zusammenzuarbeiten. Ich kann hier nicht alle Interna ausbreiten."

Kommissar Knauper kniff die Augen zusammen: „Alles schön und gut, aber wir ermitteln in einer Mordsache! Wenn Sie meinen, hier nicht mit uns reden zu können, dann müssen wir Sie bitten, uns jetzt ins Landespolizeipräsidium zu begleiten! Also?"

Betriebsrat Mettler atmete tief durch: „Ich will Sie ja bei Ihrer Arbeit unterstützen, das ist doch gar keine Frage. Aber wenn ich jetzt den ganz großen Sack aufmache, dann muss das zwischen uns vertraulich bleiben. Können Sie mir das zusagen?"

Knauper und Schütz zögerten kurz, nickten dann aber wortlos.

„Also gut", setzte Mettler wieder an: „Das sind interne Spitznamen... 'Pickel Pitchen' oder auch 'Igelwurm'... Unser Vorstand Human Resources ist bei der Belegschaft, ganz offen gesagt, ungefähr so beliebt, wie ein Eiterpickel und hat so viel Rückgrat wie ein Igelwurm. Den Spitznamen 'Igelwurm' hat ihm seinerzeit unser Dr. Gleinig verpasst. Damals hatten wir noch einen eigenen Kulturredakteur... Dr. Gleinig... Ein Igelwurm baut sich seine Wohnhöhle immer in weichem Substrat. Und der Herr Herlein kriecht auch gerne in weiche Spalten und Höhlen... Verstehen Sie?"

Knauper und Schütz schauten sich stumm an und warteten ab, bis der Gewerkschafter fortfahren würde.

„Der Herlein hat sich in der Jugendorganisation seiner Partei durch Kleben von Plakaten hoch gekleistert. Er wollte immer auch einmal zu denen gehören, die etwas zu sagen haben. Nach der letzten Landtagswahl ist der

Kleistermeister dann von den Aufsichtsratsmitgliedern, die seiner Partei angehören... tja, da ist er als Vorstand 'Human Resources' bei uns sozusagen in Kraft getreten worden. Und jetzt macht er den wilden Mann...

Sie sollten ihn mal sehen, wenn er morgens Zigarette rauchend im Laufschritt den Unersetzlichen gibt... Lachhaft!! Wenn der Aufsichtsrat oder der C.E.O. pfeifen, dann tanzt der Herlein. Und fragen Sie mich nicht, wie!"

„Sie scheinen von Herrn Herlein auch nicht sehr begeistert zu sein? Nun gut... Was Sie uns da erzählen, sind das Gerüchte oder Fakten?", hakte Knauper interessiert nach.

„Das sind leider Fakten. Der Herlein ist ein schleimiger Emporkömmling, sorry! Der Mann hat wirklich kein bisschen Rückgrat, absolut keine eigene Überzeugung. Vor einem Jahr hat er ein Wochenendseminar bei einem bundesweit bekannten, sogenannten 'Fachanwalt für Arbeitgeber' besucht, Titel: 'Jeder Mensch ist kündbar'. Da hat der Herlein sich beibringen lassen, wie man trotz Kündigungsschutz und Betriebsverfassungsgesetz jeden Mitarbeiter loswerden kann.

Wenn das Ziel lautet 'Wir wollen den X oder die Y loswerden und die Stelle neu besetzen', meistens mit Jüngeren, dann muss man die Kandidaten nur systematisch mürbe machen. Man muss den X oder die Y nur irgendwie kaputtmachen, dann verlassen sie das Unternehmen."

Knauper räusperte sich und fragte mit unüberhörbarem Zweifel in der Stimme: „Jetzt aber mal ganz langsam! Ist so etwas schon einmal bei Ihnen vorgekommen? Und wenn ja, wie soll das denn genau ablaufen?"

„Herr Kommissar, das ist sogenannte 'informelle Personalpolitik'. Wenn RTVS jemanden loswerden will, dann wird Druck aufgebaut und immer weiter verschärft. Da ist der Bresser ein Spezialist. Zusammen mir dem Schwallborn und dem 'Pickel-Pitchen' ist dieses Trio-Infernal in den letzten Jahren über Leichen gegangen... Ja, da hat sich viel in unserem Haus geändert... Die Drei hatten die Aufgabe, Kostenstrukturen nachhaltig zu verändern... verstehen Sie?"

„Nein, immer noch nicht ganz. Deshalb noch einmal: Wie läuft so ein Spiel konkret ab?", wollte Knauper genau wissen.

Der Gewerkschaftsmann schnaufte abermals tief durch: „Also gut, dann mal ein Fall aus der Praxis: Aber das berichte ich Ihnen, wie gesagt, im Vertrauen! Ich möchte nicht, dass mein Name im Zusammenhang mit den Informationen, die ich jetzt gebe, auftaucht. Kann ich mich darauf verlassen?"

Knauper und Schütz nickten dem Betriebsratsvorsitzenden wieder zu und Knauper sagte leise: „Einverstanden, Herr Mettler! Es kann aber sein, dass wir Sie im weiteren Verlauf unserer Ermittlungen auch noch für eine förmliche Vernehmung als Zeuge ins Landespolizeipräsidium bitten müssen. Dann obliegt eine Vertraulichkeitszusage der Staatsanwaltschaft. Was wir aber hier und heute besprechen, das bleibt erst einmal unter uns! "

Noch einmal zog Mettler tief Luft ein und begann, erst ruhig und langsam, dann immer aufgeregter und schneller, zu erzählen: „Wie gesagt, oft steht die Betrachtung der Tarifstruktur in den einzelnen Bereichen des Unternehmens am Anfang der Maßnahme. Die bestbezahlten Stellen, also aus Arbeitgebersicht die teuersten Stellen, das sind bei uns die Vierzehner. Und die Kolleginnen und Kollegen auf diesen Stellen sind meistens schon etwas älter und seit Jahrzehnten im Konzern, jedenfalls so lange, dass man die nicht einfach 'rauskündigen kann."

Er schaute Knauper kurz an, der ihm wieder zunickend signalisierte, dass er fortfahren solle.

„Mal angenommen, Sie haben in einer Redaktion drei Vierzehner. Wenn einer von den Dreien 50% Grad der Behinderung eingetragen hat, dann lässt man diesen Kollegen zunächst einmal in Ruhe. Erstens will man sich nicht mit dem Landesamt für Soziales und dem Beauftragten für Schwerbehinderte im Betriebsrat anlegen. Zweitens geht dieser Vierzehner ja ohnehin früher in Rente. Bleiben also noch zwei Vierzehner: Und wenn das Haus diese Stellen freibekommen will, dann klappt das nur, wenn die betroffenen Kollegen einen Aufhebungsvertrag unterschreiben."

„Aber das tun sie nicht freiwillig", murmelte Knauper, der ahnte was jetzt kam.

„Nein, tun sie natürlich nicht. Um eine Unterschrift von den Beiden zu bekommen, wird dann nicht gekleckert, sondern geklotzt: Man schikaniert sie systematisch." Er machte eine Pause.

„Kommen Sie! Wie läuft so etwas ganz konkret ab?", fragte Erwin Schütz.

„Nun, es wird zum Beispiel von einem Tag auf den anderen verlangt, dass Arbeitsabläufe schriftlich dokumentiert werden. Wenn ein Kollege nach zwanzig und mehr Jahren Betriebszugehörigkeit dann sagt 'Das ist entwürdigend, das mache ich nicht. Ich bin doch kein Auszubildender, der ein Berichtsheft führt!', dann geht sofort eine Abmahnung raus. Und die wird damit begründet, dass der Kollege sich mit seinem Nein der Anordnung eines Dienstvorgesetzten widersetzt hat."

Knauper schaute in die Runde: „Das sind ja knallharte Bandagen."

Jetzt flüsterte Mettler beinah: „Das ist ja noch nicht alles. Solche Abmahnungen werden immer freitags per Einschreiben zugestellt.
Dann hat der Kandidat zu Hause das Wochenende über etwas zu kauen. Für das Trio-Infernal läuft das nach der Devise 'Wir haben um 18 Uhr Feierabend – der Kandidat aber bitte nicht'."

Mettler schluckte und strich sich nervös übers Kinn:
„Es gibt natürlich noch härtere Methoden, wenn sie sich nicht so schnell weichkochen lassen. Da werden Kollegen von Aufgabenbereichen entbunden. Sie werden degradiert. Sie werden in körperlich belastende Wechselschichten eingeteilt. Sie werden aus ihren Einzelbüros in Großraumbüros umgesetzt. Man teilt sie zu 'Boaring-Jobs' ein - also die Erledigung von langweiligen Routinesachen, in denen sie ihre Qualifikationen und ihr Wissen nicht einbringen können. Man zwingt sie zu Handlangerdiensten... Ihre Kompetenzen werden beschnitten. Man wirft ihnen Faulheit oder Inkompetenz vor, behauptet, sie seien nicht teamfähig..."

„Wenn das wirklich stimmen sollte, was Sie uns hier schildern, dann wäre das purer Terror?", warf Knauper ein und schaute weiter ungläubig: „Seien Sie mir mal nicht böse, aber wir leben doch nicht in einer feudal-hierarchischen Gesellschaft?"

„Es gibt noch viele Facetten und das Rüstzeug für diese Politik kann man, wie gesagt, auf einem Wochenend-seminar lernen."

Erwin Schütz schüttelte den Kopf: „Was Sie hier schil-dern... So etwas nennt man gemeinhin Mobbing. Und dagegen kann man sich aber doch wehren?!"

„So einfach ist das nicht, Herr Kommissar! Das Problem für die Kollegen ist doch: Der Arbeitnehmer ist beweis-pflichtig. Wir können darum auch immer nur empfeh-len, ein Mobbingtagebuch zu führen. Mehr können wir als Betriebsräte da gar nicht tun...
Außerdem sitzen in unserem Betriebsrat Mitglieder ver-schiedener Gewerkschaften. Und es gibt leider auch bei uns welche, denen ihr eigenes Karrierehemd näher ist, als die Jacke eines gemobbten-, besser gesagt eines ge-bossten Kollegen..."

Erwin Schütz atmete tief durch: „Herr Mettler, Sie müssen aber doch als Betriebsrat angehört werden, be-vor zum Beispiel eine Abmahnung verschickt wird? Es dürfte doch schwierig oder sogar unmöglich sein, einem Mitarbeiter mangelnden Fleiß oder fehlende Kompe-tenz zu beweisen, wenn der jahrelang oder sogar über

Jahrzehnte gute Arbeit geleistet hat und es keine Probleme in dieser Zeit gab. Ihr Trio-Infernal zieht doch dann vor dem Arbeitsgericht den Kürzeren? Also, ich bitte Sie..."

Der Betriebsratsvorsitzende winkte mit resignierender Geste ab: „Nein! Sie haben das System immer noch nicht ganz verstanden: Es geht um eine Reduktion der Fixkosten, es geht darum, teure Vierzehnerstellen freizubekommen. Das kann ja ruhig ein, zwei Jahre dauern, bis es klappt. Aber ich kenne keinen Fall aus der Vergangenheit, wo ein Betroffener die mit dieser Vorgehensweise verbundenen Belastungen gesundheitlich lange durchgehalten hat.
Anfangs treten Schlafstörungen und Bluthochdruck auf. Einige greifen zum Alkohol. Und es endet oft mit gewaltigen psychischen Problemen. Früher oder später bricht da jeder zusammen und unterschreibt den von ihm geforderten Aufhebungsvertrag. Und damit ist die Vierzehnerstelle dann frei. Ziel erreicht..."

Jetzt platzte es aus Knauper heraus: „Herr Mettler, das klingt für mich alles unglaublich! Solch eine Vorgehensweise, in einem so bekannten Konzern wie dem Ihren... Da kann doch so etwas nicht unter der Decke bleiben!?"

„Herr Kommissar, wir sind ja nicht die einzigen, wo das passiert. Kommen Sie mal zu einer Fachtagung unserer

Gewerkschaft. Sie werden sich wundern, was da aus den Betrieben berichtet wird. Oder fragen Sie bei der Rentenversicherung und den Krankenkassen nach! Erkundigen Sie sich mal nach den in den letzten Jahren förmlich explodierten Zahlen von Erwerbsunfähigkeit und REHA-Maßnahmen wegen psychischer Krankheiten!"

Knauper schüttelte trotzig den Kopf: „Trotzdem... Für mich klingt das alles ziemlich..."

„Herr Kommissar, es ist doch logisch, dass RTVS in seinen Sendungen nicht über die eigenen Schattenseiten berichtet. Und von wegen 'Öffentlichkeit'... Das Lügen, Tricksen und Mobben... all die Schweinereien werden zwar hier im Haus von Herren wie Schwallborn begangen, vor dem Arbeitsgericht erscheinen diese Männer aber gar nicht. Die Gerichtstermine erledigt nämlich ein externer Anwalt, der dort für teures Geld auftritt... Unsere Oberen machen sich öffentlich die Hände nicht schmutzig. Nein, sie sind die internen Bulldozer. Die Abrissbirne, die extern Staub aufwirbelt, das sind wie gesagt angeheuerte Anwälte. Und Beweise? Pah! Beweise sind sowieso nicht mehr notwendig, wenn der 'Kandidat' über Monate und Jahre so kaputtgemacht worden ist, dass er krank wird... so krank, dass er nicht mehr kann und 'freiwillig' den Aufhebungsvertrag unterschreibt oder vor Gericht einem Vergleich zustimmt. Dann wird er gegen eine Abfindungszahlung vom System ausgespuckt. So wie vor drei Monaten ein Kollege aus der Sportredaktion... Oder unsere 'Monique Musique' vor einem halben Jahr..."

Erwin Schütz griff zu seinem Schreibblock: „Wie hießen der Kollege aus der Sportredaktion und die Monique noch gleich?!"

„Monika Dallemot. Sie ist vor einem halben Jahr gegangen. Und Roland Sauer vor drei Monaten..."
Der Betriebsrat stand von seinem Stuhl auf, wandte sich um und ging mit gesenktem Kopf ein paar Schritte durch den Raum. Es war ihm offensichtlich nicht leichtgefallen, Beispiele aus dem RTVS-Alltag zu schildern. Er zuckte mit den Achseln und stieß die Luft mit einem Ruck aus: „Tja, was soll ich Ihnen noch dazu sagen... Wir müssen hier mit diesen Zuständen leben... irgendwie..."

Konrad Knauper und Erwin Schütz standen wortlos von ihren Stühlen auf und steckten ihre Notizen ein. Sie verabschiedeten sich mit festem Händedruck von dem Gewerkschaftsmann.

„Aber behandeln Sie unser Gespräch wirklich vertraulich!", flüsterte dieser noch einmal beschwörend, bevor er seinen Besuchern die Tür des Betriebsratsbüros öffnete und sie wieder in die weitläufige RTVS-Welt entließ.

Herlein

Im Landepolizeipräsidium lag eine Telefonnotiz für Kommissar Knauper auf dem Schreibtisch. Peter Herlein von RTVS hatte angerufen und mitgeteilt, dass die gewünschte Liste mit den Personalabgängen der letzten Jahre fertiggestellt sei. Er wolle sie aber aus datenschutzrechtlichen Gründen nicht per Mail versenden und sie könne abgeholt werden.

„Jetzt wird zuerst einmal Mittag gemacht", sagte Knauper nur dazu: „Der Mensch lebt nicht von der Arbeit allein! Stimmt 's, oder hab' ich recht?".

„Jawohl!", stimmte Erwin Schütz fröhlich zu; „Auf dem Kantinenplan steht heute 'Gratiniertes Steak vom Charolaisrind mit grünem Spargel und einem Sellerie-Kartoffelpüree'."

Nach dem Mittagessen fuhren Knauper und Schütz wieder in die Innenstadt. Auf dem Beifahrersitz fingerte Erwin Schütz sich mit einem Zahnstocher im Mund herum: „Das Kartoffelpüree war nicht richtig durchgerührt, ich hatte lauter Klumpen auf dem Teller. Aber das graue Stück Fleisch unter der Scheibe Schmelzkäse könnte wirklich Rind gewesen sein."

„Ja", schnalzte Knauper, „sie hatten zu wenig Wasser an dem Packungsbrei. Aber das Rind muss ein glückliches Vieh gewesen sein. Es ist wohl sehr, sehr alt geworden. Gib mir auch mal einen Zahnstocher!"

In der Tiefgarage von RTVS stellten sie ihren Wagen ab und sprachen fünf Minuten später im Vorzimmer des Vorstandes 'Human Resources' vor. Nachdem die Sekretärin die beiden Kommissare kurz telefonisch angekündigt hatte, öffnete sich die Bürotür und Peter Herlein bat sie herein.

Der Personalmanager wuselte äußerst geschäftig um die Kommissare herum ohne ihnen einen Sitzplatz anzubieten, und seine Augen flackerten nervös hin und her: „Bitte sehr, meine Herren! Wie abgemacht die Personalliste und die Liste mit den Abgängen der letzten 36 Monate. Wenn ich sonst noch etwas für Sie tun kann, lassen Sie es mich wissen! Ansonsten müsste ich mich jetzt wieder meinen laufenden Geschäften widmen..."

Erwin Schütz übernahm die Papierbogen und lächelte den Personalchef an: „Vielen Dank, das klappt ja bei Ihnen wie 's Katzenmachen."

Peter Herlein wandte sich wortlos um, ließ die Kommissare in seinem Rücken stehen und ging ein paar Schritte in Richtung seines Schreibtisches.

„Moment 'mal bitte!", donnerte Kommissar Knauper jetzt los: „Wir sind noch nicht ganz fertig! Wir haben schon noch ein paar Fragen an Sie!

Bei unseren bisherigen Ermittlungen ist uns zu Ohren gekommen, dass es bei Ihnen in den letzten Jahren im Personalbereich zu sehr einschneidenden Veränderungen gekommen sein soll? Ihre Liste deutet das ja auch an. Sie selbst, Herr Herlein, sollen ein Wochenendseminar besucht haben 'Jeder Mensch ist kündbar'? Uns wird berichtet, Sie hätten sich dort beibringen lassen, wie man ältere Mitarbeiter auf teuren 'Vierzehnerstellen' dazu bringt, das Unternehmen zu verlassen?"

Erwin Schütz bemerkte, dass Peter Herlein verunsichert die Gesichtsfarbe wechselte und konfrontierte den Vorstand 'Human Resources' mit dem provokanten Satz: „Uns ist sogar zugetragen worden, dass Sie Mitarbeiter angeblich regelrecht 'absägen', um sie günstig zu 'entsorgen' und damit Personalkosten zu senken?"

Jetzt wich der letzte Rest von Selbstsicherheit bei Peter Herlein. Er wurde kreidebleich und schnappte nach Luft:

„Das muss ich mir von Ihnen nicht bieten lassen, meine Herren! Gegen diese Unterstellungen verwahre ich mich! Ich werde mich höheren Ortes über Sie beschweren... Das ist unanständig und wirklich unerhört!"

„Eben", knurrte Kommissar Knauper gereizt zurück, „das ist es. Und Sie können sich darauf verlassen, dass wir unsere nette Unterhaltung bei nächster Gelegenheit noch fortführen werden!"
Er wandte sich um und verließ mit Erwin Schütz das Büro des Personalchefs.

Als Knauper und Schütz ins Landespolizeipräsidium zurückkamen, wurden sie dort auf dem Flur bereits von der Sekretärin ihres Dienstvorgesetzten erwartet: „Herr Knauper, Sie möchten bitte sofort einmal zu Herrn Kriminaloberrat Brockar kommen!"

„Wollen wir, oder müssen wir?", wandet sich Knauper fröhlich grinsend an Schütz.

„Wir wollen! Und frag mich nicht, wie wir wollen!", grinste Erwin Schütz zurück.

Kriminaloberrat Brockar bat die beiden Kommissare, Platz zu nehmen und eröffnete ihnen, dass sich vor wenigen Minuten der Justitiar des Medienhauses RTVS bei ihm über die Ermittlungsmethoden der Kommissare beschwert habe. Von 'unverschämten Unterstellungen' und 'Mutmaßungen' sei die Rede gewesen: „Also, meine Herren? Was war da los? Und wie ist überhaupt der Sachstand in diesem von der Öffentlichkeit doch sehr interessiert beobachteten Fall?"

„Kurz gesagt: Bei RTVS stinkt der Fisch vom Kopf her.", antwortete Knauper knapp und sah seinen Vorgesetzten mit festem Blick an:
„Die bisher bekannten Fakten, Herr Kriminaloberrat: Aufgefundenes Mordopfer in einem Saarbrücker Vorstadtviertel... erstochen und anschließend verbrannt... eindeutig identifiziert als Dr. Gerhard Schwallborn, Vorstand bei RTVS-Saarbrücken, zur DUM gehörend, Deutsche Unterhaltungs Medien AG.
Nach den gestrigen Beobachtungen von Kommissaranwärter Leismann in der Kantine und nach den bisherigen Befragungen von Erwin Schütz und mir im Funkhaus verdichtet sich, dass das Betriebsklima bei diesem Sender wohl unter Null Grad beträgt.
Der Personalvorstand hat uns vor einer halben Stunde eine von uns angeforderte Liste mit Namen von ehemaligen Mitarbeiterinnen und Mitarbeitern ausgehändigt, die freiwillig, beziehungsweise unter Druck, aus dem Unternehmen ausgeschieden sind.
Es sind rund 130 Namen in den letzten drei Jahren zusammengekommen."

Erwin Schütz ergänzte: „Da wird Kostendruck auf Mitarbeiter abgewälzt. Es sieht ganz danach aus, als ob da viele regelrecht aus dem Unternehmen rausgemobbt worden sind... ."

Kriminaloberrat Brockar nickte nachdenklich: „Mutmaßungen oder Fakten?"

„Fakten", kam es trocken von Knauper zurück.

Kriminaloberrat Brockar nickte kurz und verkniff sich, Knauper einen 'Rüffel' zu erteilen, weil der 1. Kriminalhauptkommissar den Kommissaranwärter Leismann alleine in die RTVS-Kantine losgeschickt hatte: „Gut, dann ziehen wir es durch! Aber Sie halten Sie mich auf dem Laufenden!"

Dr. Schwallborn und Kotscher

Konrad Knauper rief seine Kollegen der Mordkommission 'Funkhaus' ins Besprechungszimmer:
„Wir müssen die Liste der entlassenen Mitarbeiter durchchecken, das wird eine Schweinearbeit. Da muss jeder von uns ran! Ein Motiv könnten alle 130 Betroffenen haben und somit als Täter in Frage kommen."

„Und wie koordinieren wir das?", stellte Urs Bender eine Zwischenfrage.

„Wir orientieren uns zuerst an den Gehaltsstufen. Dann gehen wir innerhalb der Gehaltsgruppen in der zeitlichen Folge von oben nach unten. Aktuelle Fälle nach oben, die kommen zuerst dran. Wir beginnen also mit den jüngsten Kündigungs- beziehungsweise Vertragsauflösungsfällen und arbeiten uns dann chronologisch in die Vergangenheit zurück. Erwin und ich gehen direkt im Anschluss an diese Besprechung die ersten Namen durch."
Nach einer kurzen Pause und mit einem Blick in die Runde fuhr Knauper fort: „Kollege Bender, gibt es etwas Neues in Sachen Ehefrau und Mordopfer? Also: Was haben wir?"

Urs Bender rückte näher an den Tisch heran, schlug einen Aktendeckel auf und erstattete Bericht. Über Dr.

Schwallborns Ehefrau hatte er weder in sozialen Netzwerken noch in Blogs etwas gefunden. Die eingehende Überprüfung der Kreditkartendaten konnte er nicht vornehmen, er hatte keinen richterlichen Beschluss erhalten.

Wesentlich gehaltvoller waren die Ergebnisse der Überprüfung von Dr. Schwallborns Umfeld in Saarbrücken: Der Medienmann hatte in einem Appartement am Staden gewohnt, das ihm vor seinem Arbeitsantritt von RTVS komplett renoviert und eingerichtet worden war. An dieser Stelle seines Vortrags tippte Urs Bender mehrfach mit dem Zeigefinger auf die Tischplatte, um die Aufmerksamkeit seiner Kollegen noch einmal besonders zu reklamieren: „Kollegen, jetzt wird es bunt: Den Job in Saarbrücken hatte Dr. Schwallborn wohl dem Umstand zu verdanken, dass ein saarländischer Landespolitiker vor Jahren gerne bundesweit wahrgenommen werden wollte.“

Er schaute grinsend in die Runde und fuhr dann fort: „Aber der Reihe nach... Der Herr Schwallborn, 1957 in Essen geboren, hat an der kulturwissenschaftlichen Fakultät der TU Dortmund studiert und eine Dissertation verfasst mit dem Thema 'Redaktionsmarketing und Epochen des Wandels in der journalistischen Kultur'. Seine Partei hat ihn in den Folgejahren dann zunächst als Jungredakteur in Nordrhein-Westfalen untergebracht.“

Erwin Schütz flüsterte Knauper zu: „Heute macht er 's aber spannend!"

„Während des Studiums hat Schwallborn einen gewissen Bernhard Kotscher kennen gelernt und sich mit dem angefreundet. Der Kotscher war damals schon ein ganz cooler Hund, hat sein Studium abgebrochen und hat mit allen möglichen Sachen viel Kohle gemacht. Er hat Bausparverträge verkauft und Versicherungen, war Konzertveranstalter für Popmusiker..."

Erwin Schütz konnte es nicht lassen: „Ist dir im Leben nichts gelungen, dann mach halt in Versicherungen".

Urs Bender verzog das Gesicht: „Weiter im Text! Dann wurde er Medienberater. Da hat er Schlagersternchen beigebracht, wie man sich vor eine Kamera stellt wenn fotografiert wird und solche Sachen. Und er bekam immer mehr Kontakte zu Sendern in NRW und überall. Jetzt war er Headhunter in der Medienbranche. Und als er eines Tages von einem Redakteursposten beim Brüsseler Euro-Sender CULTures mitbekommen hat, hat er das seinem Kumpel Schwallborn gesteckt, der in der großen, weiten Medienwelt weiter Karriere machen wollte."

Knauper räusperte sich ungeduldig: „Kommen wir jetzt zum Kern der Dinge?"

Bender schaute irritiert: „Ja... ich bin ja dabei... Also: Der Schwallborn hat seine politischen Kontakte aktiviert und ist dann sozusagen mit dem Parteifahrstuhl in Brüssel nach oben gefahren worden, bekam 2004 die Stelle bei CULTures. In diesem Job soll er aber doch nichts Richtiges zustande gebracht haben und so wollte er wieder zurück nach Deutschland. Was er seinem Freund Kotscher natürlich mit dem Satz 'Mach doch da mal was für mich!' immer wieder gesagt hat..."

Erwin Schütz lehnte sich auf seinem Stuhl zurück und streckte seine Beine lang unter dem Tisch aus.
Bender nahm das zwar wahr, fuhr aber unbeirrt fort:
„Vor fünf Jahren gab es in der Europastadt einen feucht-fröhlichen Abend in der 'Taverne Saint-Gilles'. Eingeladen dazu hatte eine Gesellschaft für Wirtschaftsförderung. Unser Strippenzieher Kotscher war auch anwesend, ebenso Schwallborn und einige deutsche Bundes- und Landespolitiker.
Zu vorgerückter Stunde kam es zwischen Kotscher und einem saarländischen Landespolitiker zu einem denkwürdigen Kontakt. Die beiden sollen heftig miteinander gesoffen haben. Und der Saarländer hat - ziemlich abgefüllt - darüber geklagt, dass er viel zu selten seine Meinung in Fernsehsendungen sagen kann. Wo er sich doch zu höheren Weihen berufen fühlte und aus dem Südwestzipfel der Republik raus auf die große bundespolitische Bühne wollte.

In der Folge wurde ein Deal gemacht: Kotscher platzierte den aufstrebenden saarländischen Politiker zwecks Popularitätssteigerung und Imagepflege bundesweit in sämtlichen Talkshows. Im Gegenzug platzierten der Landespolitiker und seine Parteifreunde, die Mitglied im RTVS-Aufsichtsrat waren, den Herrn Dr. Schwallborn als RTVS-Programmvorstand 'New Media & Diversification' bei uns im schönen Saarland."

Nach seinen Ausführungen schaute Urs Bender erwartungsfroh in die Gesichter seiner Kollegen, die hochkonzentriert dreinschauten, aber auch ungläubig den Kopf schüttelten.

„Das ist ja mal wieder ein Ding!", ließ sich Erwin Schütz schließlich vernehmen und rutschte auf seinem Stuhl wieder nach vorn: „Nach außen machen sie 'de Gladdisch' und spielen sich als Hüter und Verteidiger unserer Grundordnung auf. Und im Hinterzimmer verteilen sie den Kuchen und schachern sich untereinander die Jobs zu."

„Lass uns 'mal beim Thema bleiben!", warf Knauper ein und schaute wieder zu Urs Bender hinüber:
„In welcher Verbindung stehen... ehm, standen denn dieser Kotscher und unser Mordopfer? Abgesehen von der Freundschaft an der Uni? Welche Leichen liegen denn da im jeweiligen Keller?"

„Gute Frage, nächste Frage", lächelte Bender. „Sie haben in Dortmund während des Studiums in einer Wohngemeinschaft gelebt und sind seither befreundet. Weiter komme ich an dem Punkt momentan nicht. Wenn es irgendwelche wirtschaftlichen Verflechtungen gibt, dann sind die so eingefädelt und umgeleitet, dass sie nicht so schnell aufgedeckt werden..."

„Hm", kommentierte Knauper knapp.

„Aber, Kollegen, ich habe noch ein paar interessante Details zu unserem Mordopfer: Unsere EDV-Spezialisten haben den Bürocomputer von Schwallborn inzwischen ausgewertet und ich habe mittlerweile auch sämtliche Büroakten durchgearbeitet. Es gibt eine Auffälligkeit! Es sieht wirklich so aus, als ob unser Opfer ein kleiner Narzisst gewesen ist. In seinem Bürokalender hatte er hauptsächlich 'Repräsentationstermine'. Überall wo fotografiert wurde stand Herr Dr. Schwallborn strahlend in der ersten Reihe dabei... Dass er sich gerne verwöhnt und mit einem gewissen Luxus umgeben hat, ist hier bereits angesprochen worden. Ich verweise diesbezüglich auf die Inventarliste seiner Büroausstattung... Auch in seiner Wohnung: Designerobjekte, teure Klamotten im Kleiderschrank... Der selbstverliebte Herr legte offensichtlich großen Wert auf gutes Aussehen. Dazu würde auch passen, dass er laut seinem Bürokalender jeden Freitag um 20:30 Uhr einen Termin im Fitnessstudio *Muscles*-Club hatte. Und jetzt raten Sie mal, wo dieser Club ist?"

Knauper klatschte mit der flachen Hand auf den Tisch: „Das ist die Muckibude in der Vorstadt! Auf dem großen Parkplatz neben diesem Club haben wir ihn in seinem verbrannten PKW aufgefunden. Mensch, dass da niemand vorher mal dran gedacht hat, Donnerweddanochemoo!"

Muscels-Club

Kommissar Knauper lächelte: „Leismann, nehmen Sie es leicht: Überstunden gehören nun einmal zu unserem Beruf. Es kommen auch wieder ruhigere Tage!" Er schaute kurz zu seinem Beifahrer, der mürrisch dreinblickte und ganz offensichtlich wenig erfreut war, dass ihn sein Chef als Begleitung zu dieser Mehrarbeit verdonnert hatte.

„Die Aktion mit dem Toilettenbesuch bei RTVS war übrigens eine klasse Idee von Ihnen", flüsterte Knauper halblaut, um den jungen Mann etwas aufzumuntern.

Nach wenigen Minuten Fahrzeit bog der Wagen mit den beiden Beamten in der Saarbrücker Vorstadt um die Kurve und hielt vor dem Fitnesscenter *Muscels* an. Als Knauper und Leismann den Club betraten, begrüßte sie ein junger Mann im Trainingsanzug: „Hallo!"

„Ja, 'n Abend", knurrte Knauper zurück und zog seine Hundemarke hervor: „Wir möchten mit dem Chef dieser Einrichtung sprechen."

Der Durchtrainierte lächelte und antwortete mit leichtem vorderpfälzer Akzent: „Der steht dòò vor Ihnen! Wie kann ich helfen?"
„Ja, es geht um..." Knauper fingerte ein Foto von Dr. Schwallborn aus der Sakkotasche, das er aus dem Im-

pressum der RTVS-Webseite herunterkopiert hatte, und hielt es dem Fitnessmann vor die Nase: „Es geht um diesen Mann hier."

„Ach, de Gerdi... Mein Gott, wirklich e' schrecklich Geschicht'. Nää, nää..."

„Also Sie kennen ihn?"

„Ei, jòò. Klar doch! Er war jeden Freitag um halb neun abends hier... Er und das Radlerduo."

„Was für ein Radlerduo?"

„Ei, die zwei Bube, die wo auch bei dem Sender schaffe unn sich ääni Woch nach ihm angemeldet habbe und immer versucht habbe, möglichst nahe neben ihm auf dem Laufband zu sein. Die habbe sogar immer extra drei Geräte reserviert... Der eine ist dann rechts druff, der andere links unn in de Mitt das habbe se freigehalte... Da konnte dann de Gerdi druff...
Jeden Freitag, um halb neun... Kraftmaschinsche, dann e halbi Stunn Laufband. Die Zwei sinn immer um de Gerdi rumschlawenzelt. Deshalb habbe mir auch immer gesagt, es is es Radlerduo...
Die Zwei waren regelrecht devot... ma könnt faschd sage: richtische Arschkriecher ware das, wenn Sie denne Ausdruck freundlichst entschuldische wolle..."

Knauper unterdrückte ein Lachen, das in ihm aufsteigen wollte. Er hatte nicht erwartet, hier auf eine Pfälzer Plaudertasche zu treffen, die ungefragt sprudelte wie der Leonoren-Brunnen von Bad Salzig und ihm auf Anhieb so viele Details stecken würde.

„Die Radfahrer wollte garantiert über de Gerdi Karriere mache...Wobei... wenn ich 'über ihn' sage, dann klingt das e bissje komisch, gelle? ... Ei, jòò... de Gerdi kam schon manchmal e bissje schwul rüber... abber nedd 'tuntig' oder so... nein, gar nedd... eher sehr, sehr selbstverliebt war er... de Gerdi...“
Der Bodygebildete legte eine Pause ein und schnappte nach Luft.

„Wie heißen denn die zwei Radler?“, fragte Knauper gut gelaunt nach.

„Waade Sie, ich hann's gleich...“, flötete der *Muscels*-Chef, ging zu einem Computer und klickte sich durch die Mitgliederkartei: „Dòò! Das sinn die Herren Schild unn... Momentche... ja, dòò hamma's... Krone... Schild und Krone!“

Kommissaranwärter Leismann notierte die beiden Namen, Knauper nickte ihm zufrieden zu und wandte sich wieder an den Muskelmann:
„Noch eine letzte Frage: Ist Ihnen am vergangenen Frei-

tag irgend etwas aufgefallen? Gab es irgendein besonderes Vorkommnis?"

„Nein!", entfuhr es dem Fitnesscoach, „alles wie immer... alles easy... alles chillig... Das von dem Gerdi habe mir ja auch erst mitbekommen, wie die Feuerwehr da war ..."

„Bis wann waren Sie denn hier im Club?"

„Ich geh immer um zwei... Mir habbe ja für die Nachtaktiven so lang auf... Tja, de Gerdi... schlimm so ebbes..."

„Wie gut haben Sie de Gerdi... ehm... den Dr. Schwallborn denn gekannt?"

„Ei, wie gesagt: Er war halt regelmäßig hier."

„Sonst hatten Sie keinen Kontakt zu ihm?"

„Nää... sonst hab ich ihn nicht gekannt... Ich mein, ich hätt ihn einmal beim *Jeunesse* am St. Johanner Markt gesiehn... ich kann mich da aber auch getäuscht habbe."

Knauper beobachtete aus den Augenwinkeln, dass Hendrik Leismann sich soeben eine weitere Notiz gemacht hatte und war 's zufrieden.

„Und die beiden anderen Herren? Wann sind die an dem Abend gegangen?", setzte er die Unterhaltung fort.

„Das Radlerduo?... Ja, die haben nach dem Duschen hier an der Bar noch einen Eiweißshake genommen... De Gerdi war da schon raus..."

„Wieviel Uhr war es denn da?"

„Ei..., das muss so gegen halb zehn gewesen sein..."

„Gegen halb zehn sind die raus?", fragte Knauper nach und überlegte, dass diese Zeitangabe zur Tatzeit passen könnte.

„Nää, de Gerdi ist da gegangen. Das Radlerduo war ja noch an der Bar. Die sind mit mir raus, als wir die Feuerwehr kurz vor 22 Uhr gehört habbe."

Knauper bedankte sich gutgelaunt: „Vielen Dank! Wenn Ihnen noch irgendwas einfällt, dann lassen Sie es uns wissen! Wiedersehen...und, wie sagt man... Gut Sport, oder so."

„Wiedersehen!", flötete der Sportsmann. „Und wenn Sie selbst mal... Kommen Sie einfach vorbei! Ich mach auch e Probetraining mit Ihnen!"

„Jòò", grummelte Knauper jetzt doch leicht ungehalten. Er hatte die letzten Worte als Anspielung auf seine Figur aufgefasst und konnte es wirklich nicht ausstehen, wenn er von einem durchtrainierten Menschen Fitness-Ratschläge erhielt. Der Kommissar war sich nämlich seines 'Rettungsringes', den er um die Hüften trug und in dem sich im Laufe der Dienstjahre manches Gramm Frustrationsfett abgelagert hatte, durchaus bewusst.

Im Hinausgehen schüttelte Knauper die gerade aufkommenden Gedanken an seinen Hausarzt, an Blutfettwerte und Gamma GT ab und ersetzte sie durch einen Neuen:

„Auch wer fit und gesund stirbt, hat nichts mehr vom Leben. Was du dir heute Gutes tun kannst – das mach also!"

Roschdwurschdbuud

Vor der Tür des Fitnessclubs klatschte Knauper seinem Kommissaranwärter Hendrik Leismann fast freundschaftlich mit einer Hand auf die Schulter: „Leismann, wissen Sie, was wir zwei jetzt noch machen?"

Der Kommissaranwärter zuckte zusammen, und nur ganz zaghaft und leise sprach er seinen Wunschgedanken aus: „Feierabend?"

„Jawoll, Leismann! Und da tun wir uns noch was Gutes! Ich lade Sie auf dem Rückweg zu einer Rostwurst ein! Eine schön brutzligbraun gebratene Rostwurst, einverstanden?"

„Einverstanden...", gab Leismann kleinlaut zurück und vermied es, seine wahren Gedanken dieses Augenblicks laut auszusprechen: Schöner Feierabend...

Zum Sprechen kam Leismann aber in den nächsten Minuten ohnehin nicht. Sein Chef, bestens aufgelegt, fühlte sich offensichtlich dazu berufen, dem jungen Kollegen aus der Fremde eine der größten Errungenschaften saarländischer Provinienz näherzubringen:

„Wissen Sie Leismann, früher suchte man, wenn man spät abends unterwegs war und noch Hunger hatte, immer nach einer Rostwurstbude... Ja, das ist für uns Saarländer ein Zauberwort: 'Roschdwurschdbuud'.

Merke, Leismann: Die Rostwurst kommt nicht aus Thüringen oder so, sondern aus dem Saarland! Leider ist sie in den letzten Jahren auf die Rote Liste der vom Aussterben bedrohten saarländischen Errungenschaften geraten.

Ja, Leismann. Wenn man so müde, wie wir beiden jetzt... Wenn man durchgefroren und hungrig nächtens über die Landstraßen kreuzte, dann wies uns oft ein blauer Stern am Horizont den Weg. Da lachte uns das Herz und unsere Magenschleimhaut klatschte Beifall vor lauter Vorfreude auf *Biggis Bruzzelkiste* oder *Heikes heiße Hütte*. Unvergesslich für mich: *Petit Gourmet* an der B 51...

Leismann, das war viel, viel mehr als ein abgestellter, schrottreifer Wohnwagen mit Plexiglasvorbau. Wissen Sie, hinter diesen fettverschmierten, kondenswasserperlenden Plastikplatten, da finden Nachtschwärmer nicht nur Schutz vor Wind und Wetter. Da findest du ein Stück Heimat! Da bist du Mensch, da darfst du 's sein! Diese Location ist viel, viel mehr als bloß eine 'Roschdwurschdbuud'.

Da betritt man einen Gourmet-Tempel, der offen ist für alle Klassen und Kassen! Da betritt man ein Kommunikationszentrum! Da kann man dem Volk auf 's Maul schauen, wenn nächtens gelallt wird 'Nää...ich hann nedd gesaad 'Fenner Harzschmier' ist Scheiße', sondern: 'Hartz IV is Scheiße!' Leismann, ich sage Ihnen: Mit so einer Rostwurstbude, da betritt man eine zentrale Anlaufstelle identitätsstiftender Saar-Kultur! Noch heute wird in einer Rostwurstbude vorbildlich Kommunikation praktiziert. Zielgerichtet, ohne Redundanz und störende Worthülsen. Da heißt es:

'Unn?'

'E weißi.'

'Zwei Euro dreißig!'

Zack, und fertig! Verstehen Sie, Leismann? Leider verschwinden ja immer mehr dieser wunderbaren Einrichtungen... Die Herren Döner und Kebab sind dabei, *Friederikes Futterkrippe* zu verdrängen...".

Knauper fand anscheinend kein Ende. Hendrik Leismann konnte auf dem Beifahrersitz kaum an sich halten und kämpfte tapfer mit einem aufsteigenden Lachanfall. Als gebürtiger Trierer dachte er nur noch: „Manchmal spinnen sie, die Muffländer... ja, manchmal spinnen sie...“

Katerfrühstück

Heute Morgen war Claudia überrascht, als sie in die Küche kam. Ihr 'Knauperle' hatte das Frühstück vorbereitet und sogar schon für die Familie frische Brötchen beim Bäcker um die Ecke besorgt: „Konni, was ist passiert?", rief sie überrascht und freudig aus.

„Was soll passiert sein? Ich nehme mir heute die Zeit, ordentlich mit dir und den Kindern zu frühstücken."

„Wie spät war es denn gestern? Ich habe dich gar nicht heimkommen gehört..."

„Ich hab im Gästezimmer geschlafen... wollte dich nicht wecken."

Knauper hatte damit nur die halbe Wahrheit ausgesprochen. Tatsache war, dass der Kommissar nach dem spätabendlichen Abstecher mit Hendrik Leismann zu einer saarländischen Rostwurstbude und dem Verzehr einer weißen Rostbratwurst sowie einer roten Curry-Wurst, begleitet von zwei Flaschen Pils, zu Hause angekommen in den Keller hinabgestiegen war und sich dort noch zweifach an der Bierkiste vergriffen hatte.

„Knauperle, du siehst jedenfalls etwas verkatert aus", stellte Claudia lächelnd fest.

Knauper schüttelte abwehrend den Kopf und grummelte nur: „Jòò... Komm! Ruf die Kinder und lass uns frühstücken!"

Im Landespolizeipräsidium legte Erwin Schütz nach einem Anruf von Konrad Knauper lächelnd den Telefonhörer auf die Gabel und rief durch die offenstehende Zwischentür ins Nebenbüro:
„Herr Leismann, Sie haben sich gestern Notizen über ein Lokal in der Altstadt gemacht... Und Sie haben die Namen von zwei 'Radfahrern', sagt Knauper... Wir zwei fahren jetzt zu RTVS und besuchen die beiden Herren!"

Urs Bender trat durch die Tür und bemerkte sofort, dass der Platz hinter Knaupers Schreibtisch noch unbesetzt war: „Morgen!... Kommt der erste KaHaKaKaKa heute später?"

Kommissaranwärter Leismann schaute irritiert, Bender grinste und Erwin Schütz lachte: „Jawohl! Der erste Kriminalhauptkommissar Konrad Knauper hat gestern sehr lange zu tun gehabt!
Kollege Bender, Ihnen soll ich übrigens ausrichten, dass Sie am St. Johanner Markt eine Kneipe unter die Lupe nehmen sollen: Das *Jeunesse*."

Später Dienstantritt

Nach dem Mittagessen in der Polizeikantine -heute stand 'Gebeizte Jakobsmuschel mit einer Mousse von grünem Apfel und Kürbis' auf dem Speiseplan-, trat die Mordkommission 'Funkhaus' wieder einmal zu einer Sitzung zusammen.

Während die Kommissare ihre Stühle am Besprechungstisch zurechtrückten wurde wild durcheinander geredet: Erwin Schütz meinte, der heutige Stampfbrei, auf dem sich drei kleine gummiartige Muschelstückchen getummelt hatten, hätte auch für eine 'Dschungel-Prüfung' herhalten können. Urs Bender vertrat die Ansicht, die Mousse von grünem Apfel und Kürbis sei zwar frisch angerührt worden, entstamme aber mit Sicherheit einer „Lieferung aus Ludwigshafen" und Hendrik Leismann meinte, ihm hätten die Muschelstückchen zu sehr nach Konservendose geschmeckt. Knauper interessierte das Kantinengezänk seiner Kollegen heute nicht weiter. Er war eigentlich zu übermüdet und wirkte auch leicht zerstreut:

„Jetzt vergesst doch einmal das Essen! Wir müssen voran machen! Also, Erwin, hm... fang du mal an... Was hast du Neues? Der Hendrik und du, ihr wart doch bei den 'Radfahrern'?"

Kommissaranwärter Leismann duckte sich ab. Hatte er das soeben richtig gehört? Sein sonst so grimmiger Chef hat ihn zum ersten Mal beim Vornamen genannt. Waren ihm, Kommissaranwärter Hendrik Leismann, durch die gestrige Rostwurstsause mit seinem Chef nun etwa höhere saarländische Weihen zuteil geworden?

„Also", begann Erwin Schütz: „Der Hendrik und... ehm, der Herr Leismann und ich haben das sogenannte 'Radlerduo' beim Sender ausfindig gemacht und besucht. Die Herren Schild und Krone sind offensichtlich vom Typ 'aalglatt'. Sie haben uns angelächelt und eiskalt bestätigt, dass sie sich ganz bewusst in dem Fitnessclub angemeldet haben, nachdem sie mitbekommen hatten, dass der Schwallborn dort freitags immer trainiert. Der eine von den Beiden, der Krone, hat uns ziemlich hochnäsig gesagt, in der heutigen Zeit reiche es nicht aus, bloß etwas zu können. Wenn man vorankommen wolle, seien die richtigen Kontakte und Netzwerke notwendig. Der Schild hat das bestätigt: Sie wollten schließlich noch Karriere machen, und da müssten sie sich ranhalten."

„Auf gut Deutsch gesagt sind das also wirklich Arschkriecher", grummelte Knauper verächtlich seinen Kommentar. „Was wissen wir sonst noch über diese beiden charakterfesten Herren?"

„Der eine ist besonders interessant", fuhr Erwin Schütz fort: „Der Krone hat im Kollegenkreis den Spitznamen

'Windbeutel', weil er sich wohl gerne dicke aufbläst. Du hast diesen Mann übrigens schon einmal gesehen, Konni!"

„Wann? Wo?", fragte Kommissar Knauper überrascht.

„Vor ein paar Wochen", setzte Schütz fort: „Bei der *Emmes mit den Royals* auf dem Großen Markt in Saarlouis ist er dir mit seinem wichtigtuerischen Gehabe auf der Bühne aufgefallen."

Knauper nickte: „Der war das? Weiter im Text!"

„Ja, dieser Meister Krone ist ein abgebrochener BWL-Student. Mitarbeiter in seinem Umfeld nennen ihn 'das Machtschattengewächs'. Es wird hinter vorgehaltener Hand gesagt, dass er 'wenig drauf' haben soll, aber ständig auf der Schleimspur hinter dem Bresser und dem Schwallborn hergekrochen ist.
Seine RTVS-Karriere hat wohl damit begonnen, dass er eine Großnichte des C.F.O geheiratet hat. Der C.F.O, das ist der kaufmännische Geschäftsführer vom Sender. Mit dieser Frau hat der Engelbert Krone ein Kind. Als der C.F.O in den Ruhestand verabschiedet wurde, war auch Herr Krone eingeladen. Und bei der Gelegenheit hat er wohl mit Aufsichtsräten und Vorständen ordentlich geklüngelt und dann die nächste Stufe der Karriereleiter genommen. Er bekam ein Büro im 8. Stock-

werk. Danach hat er sich scheiden lassen und sich eine jüngere Frau genommen. Aktuell nennt er sich 'Head of Entertainment', das soll so eine Art Bereichsmanager in einem der Radioprogramme von Bresser sein."

„Nett", grummelte Knauper mit nicht zu überhörendem Widerwillen und Verachtung in der Stimme: „Die Radfahrer waren jedenfalls in der Mordnacht mit dem Opfer zusammen im *Muscels*, in diesem Fitnessclub..."

Jetzt meldete sich Kommissaranwärter Leismann entschlossen zu Wort: „Aber beide saßen dort bis zu dem Brandanschlag auf Dr. Schwallborn an der Theke. Das hat uns ja gestern der Inhaber des Studios erzählt. Zu Hause waren sie dann kurz nach 23 Uhr, was wiederum ihre Ehefrauen bestätigen."

Knauper schaute müde in die Runde und quittierte die Ausführungen mit einem knappen aber nachdenklichen: „Hm... ja, ich weiß Leismann... Da geht es nicht weiter...".

Urs Bender blätterte in einer Akte und zog mehrere Seiten Papier daraus hervor: „Kollegen, ich habe inzwischen die Personalakten aus dem Büro Schwallborn weiter ausgewertet: Da sind jede Menge Arbeitsgerichtsprozesse am Laufen... Ich bin auch auf zwei besonders auffällige Fälle gestoßen. Es sieht so aus, als ob zwei Mitarbeiter wirklich regelrecht mit System aus ihren Jobs rausgedrängt worden sind. Eine Schlagershow-Moderatorin und ein Sportreporter. Der zweite Fall liegt gerade drei Monate zurück...hier... Roland Sauer aus Völklingen...Momentchen, die Adresse habe ich auch... Hier. Nordring 203... Das ist das Neubaugebiet neben dem Wahlenbach-Teich, direkt am Wald."

„Das ist der, von dem uns der Betriebsrat schon erzählt hat", murmelte Knauper und griff nach dem von Bender hingehaltenen Notizblatt, als es aus Kommissaranwärter Leismann herausplatze:
„Dieser Schwallborn scheint wohl wirklich ein leibhaftiges Exemplar der Gattung Homo Ökonomicus gewesen zu sein."

„Homo was?", knurrte Knauper ungehalten.

„Mit Homo Öconomicus bezeichnet man einen Akteur, der im Eigeninteresse handelt, um seinen eigenen Nutzen zu maximieren... Das Modell beruht auf klassischer und neoklassischer Wirtschaftstheorie...".

Leismanns Stimme wurde angesichts des Blicks, mit dem Knauper ihn taxierte, immer schwächer und den letzten Teilsatz flüsterte er nur noch:
„Es geht dabei eigentlich um die Lösung sozialer Dilemmastrukturen..."

Knauper donnerte los: „Oho! Herr Kommissaranwärter! Wo lernt man denn so was?"

„Auf der Fachschule für Verwaltung in Dudweiler und
Göttelborn", kam es jetzt kleinlaut von Hendrik Leismann zurück.

„Ich müsste dann jetzt mal wieder zum St. Johanner
Markt", wechselte Urs Bender das Thema: „Muss das
Jeunesse noch einmal abkopfen. Heute morgen war da
überhaupt nix los. Kaum Kundschaft..."

Knauper nickte zustimmend: „Gut. Und der Herr Leismann, der Erwin und ich fahren jetzt zur Trauerfeier ins
Funkhaus"

Trauerfeier

Es war vier Uhr nachmittags, als im Medienhaus von RTVS die Trauerfeier für Dr. Schwallborn stattfand. Die Eventhalle im Erdgeschoss war mit Stuhlreihen aufgefüllt, die im Halbkreis um die Bühne standen. Auf der Bühne stand eine Staffelei mit dem in einen Goldrahmen gefassten übergroßen Portraitfoto des Mordopfers, angestrahlt von einem punktgenauen Lichtkegel.

Knauper, Schütz und Leismann nahmen auf Stühlen Platz, die seitlich am äußeren Rand des Halbrundes standen. Hier hatten sie einen guten Überblick über die versammelte Trauergemeinde. Erwin Schütz murmelte leise: „Schau Konni! Die Führungsetage von RTVS ist komplett vertreten!"

Der Vorstandsvorsitzende Dr. Seifer trat ans Rednerpult und räusperte sich: „Liebe Kolleginnen und Kollegen, wir haben uns heute hier aus einem traurigen Anlass versammelt: Dr. Gerhard Schwallborn ist so plötzlich und unerwartet aus unserer Mitte gerissen worden, dass wir es immer noch nicht fassen können...
Wir sind unsagbar traurig und unser Mitgefühl gilt in diesen Stunden und Minuten insbesondere auch seiner Familie in München."
Erwin Schütz stieß Kommissar Knauper knapp mit dem Ellenbogen an und deutete mit einer kurzen Be-

wegung seines Kinns in die Richtung, in der Lars Bresser und Engelbert Krone saßen. Knauper rutschte auf seinem Stuhl ein wenig hin und her und konnte dann sehen, dass Krone dem zukünftigen Chef Bresser etwas auf seinem Smartphone zeigte.

Auf der Bühne räusperte sich C.E.O. Seifer kurz und setzte seine Trauerrede fort: „Die Nachricht von seinem plötzlichen Tod haben wir mit Bestürzung und großer Trauer aufgenommen. War doch Dr. Gerhard Schwallborn nicht nur ein geschätzter Kollege, der sich unermüdlich und mit großer Leidenschaft für die Entwicklung unseres Unternehmens eingesetzt hat. Vielmehr war seine gesamte Haltung gegenüber Mitarbeitern und Kollegen stets vorbildlich. Und für einige von Ihnen ist er sicher auch zum Freund geworden. Sein Einsatz für unsere Programme wird uns fehlen. Dr. Gerhard Schwallborn hinterlässt eine große Lücke.“

Knauper sah, dass der Vorstand Human Resources, Peter Herlein, mit angespanntem und aufmerksamem Gesichtsausdruck in Richtung Bressers starrte und konnte gerade noch wahrnehmen, dass Bresser jetzt dem Krone wohl etwas zuflüsterte und sie sich dann lächelnd die Hände schüttelten.

„Mann, was ist das hier eine Geisterveranstaltung! All diese Scheinbetroffenheitsmimik...“, flüsterte Knauper Erwin Schütz zu.

„Ja, und da drüben klüngeln die Profiteure Krone und Bressere gutgelaunt miteinander...", flüsterte Erwin Schütz zurück.

Von der Bühne tönte es weiter: „Seine Willensstärke und seine Kraft waren vorbildlich! Wir werden Dr. Gerhard Schwallborn nicht vergessen! Wir werden ihm ein ehrendes Andenken bewahren!
Ich bitte Sie nun, sich für eine Gedenkminute zu erheben."

Alle Besucher der Trauerfeier erhoben sich von ihren Plätzen und für ein paar Sekunden herrschte Stille in der Halle.

„Ich danke Ihnen!", setzte der Vorsitzende des Vorstandes seine Ansprache fort: „Liebe Kolleginnen und Kollegen! Ich bin mir ganz sicher, dass es im Sinne von Dr. Gerhard Schwallborn ist, wenn ich feststelle: Das Leben geht weiter... muss weitergehen! Lassen Sie uns deshalb nun gemeinsam wieder an unsere Arbeit gehen!"

Nach fünfzehn Minuten war die Trauerfeierstunde damit beendet und mit gelangweilten Gesichtern verließen die Mitarbeiter des Senders die Eventhalle. Knauper und Schütz schauten sich irritiert an. Kommissaranwärter Leismann äußerte sich halblaut: „Was war das denn jetzt gerade?"

„Tja, Leismann", flüsterte Knauper und wandte sich in Richtung des Treppenhauses, das zur Tiefgarage führte: „Die weinen ihrem Dr. Schwallborn keine Träne nach... Und was wir gerade miterlebt haben, das war ungefähr so feierlich wie das Vollplayback-Streichquartett vor einem Profi-Boxkampf, Live im Ersten...

Hendrik, Sie können für heute Feierabend machen! Sie haben ja gestern länger gearbeitet...

Hopp, Erwin! Wir zwei fahren jetzt zu dem gefeuerten Sportreporter nach Völklingen!"

Roland Sauer

Auf der A 620 lenkte Knauper den Wagen in Richtung Völklingen bis zur Abfahrt Wehrden/Geislautern. Über die Karolingerbrücke ging es in die Stadt, vorbei am Weltkulturerbe Völklinger Hütte, bis zur Südtangente.

Im Autoradio lief RTVS und spielte einen vierzig Jahre alten Kaugummisong von den Rubettes. Erwin Schütz sang gut gelaunt *Sugar Baby Love* mit. Dann kam Werbung. Und danach sang Peter Kent *It's a real good feeling*.

Knauper schimpfte los: „Die greifen wirklich in alle Klamottenkisten. Schalt' das Ding jetzt aus, Erwin! Wir sind ja auch gleich da..."

Schütz sagte: „Mensch Konni, das sind Erinnerungen! Mit den Songs haben wir damals in den 80ern in der Disco geschwoft..."

Knauper antwortete: „Ich hab' was anderes gehört... 1980 hatte Pink Floyd mit *Another Brick In The Wall* auch schon einen Nummer 1 Hit."

Das Radio unterbrach die Unterhaltung der Kommissare: „Jaaa! Musik, wie sie das Land mag! Das größte Radio mit den größten Hits aller Zeiten! Hier ist die

Mittagsshow von RTVS auf 108,3! Mein Name ist Manuel Stapler! Nach diesem Super-Oldie kommt jetzt ein ganz aktueller, neuer Hit-Kracher! Und Sie können die Platte gewinnen! Rufen Sie jetzt an! Gewinnen Sie die neue CD von Costa Caracas! Nur bei uns! Hier, bei RTVS auf UKW 108,3!"

Knauper drückte die Aus-Taste und bog von der Bismarckstraße nach rechts auf den Nordring ein. Er schaute rechts und links die Straße entlang, die von sechsgeschossigen Häusern mit vorgehängten Balkonen gesäumt war. Hier und da flatterten Wäschestücke auf einer Leine, und fast an jeder Balkonbrüstung hing ein Satellitenspiegel.

Knauper ließ den Wagen jetzt fast im Schritttempo durch die Straße rollen und blickte sich weiter um. An einigen Häusern war keine Hausnummer angebracht.

Kurzerhand bremste er den Dienstwagen vollständig ab, ließ die Seitenscheibe herunter und sprach eine Frau an, die gerade aus der Haustür eines Wohnblocks kam: „Hallo! Entschuldigen Sie bitte, wir suchen die Nummer 203"

„Wen suchen Sie denn?"

„Die Hausnummer 203!"

„Oh Jesses... fragen Sie mal de Hausmääschda!"

Erwin Schütz unterdrückte ein Grinsen, gab Konni Knauper einen freundschaftlichen Klaps auf die Schulter und stieg aus dem Wagen aus.

Knauper folgte ihm. Sie gingen zur Klingelanlage an der nächstbesten Haustür und Erwin Schütz betätigte irgendeinen der vielen Drücker.

Als sich im knisternden und knarzenden Lautsprecher eine Stimme mit „Hallo" meldete, nickte Knauper seinem Freund anerkennend zu.

„Hallo! Guten Tag, wo finde ich hier bitte den Hausmeister?"

„Wen suchen sie?"

„Den Haus-meis-ter!"

„Hausmeister? Nää... hamma hier nedd."

Knauper lief die Galle über: „Wollen Sie mich veräppeln? So ein Riesenwohnblock! Dòò muss es doch jemanden geben, der sich um die Wohnungen und das alles kümmert?"

„Jetzt mool dussmang!", röhrte es aus der Gegensprechanlage: „Sie meinen unseren Facilitymanager? Der Backes Hermann... Haus Nr. 5, EG rechts."

Knauper lief rot an und schnappte nach Luft. Schnell übernahm Erwin Schütz wieder die Kommunikation: „Wir wollen eigentlich den Herrn Roland Sauer besuchen und finden das Haus nicht, in dem der wohnt."

„Den berühmten Sportreporter suchen Sie? Ei, jòò... der wohnt do unne am Wahlenbach, wo neu gebaut genn is!", kam es aus dem Lautsprecher und die Stimme drückte einen gewissen Stolz auf die prominente Nachbarschaft aus.

„Und wo?", polterte Knauper entnervt wieder los.

„Im vorletzten Haus links! Sie müssen e Stückche zerigg fahre!"

„Danke und Ende!", fauchte Knauper und packte Erwin Schütz ungeduldig am Arm: „Da unten!"

Roland Sauer öffnete die Wohnungstür und bat die beiden Kommissare, nachdem diese sich vorgestellt hatten, herein:
„Aber nur kurz, ich bin unpässlich... Mir geht es nicht so gut..."

Konrad Knauper betrachtete den Mann, der unrasiert und mit fettigen Haarsträhnen vor ihm stand. Sauer sah fahl und völlig abgespannt aus. Er trug eine ziemlich zerschlissene Jogging-Hose und ein schlabberiges, verflecktes T-Shirt. Knauper schätzte, dass der Mann wohl Anfang bis Mitte Fünfzig sein mochte und sich selbst ziemlich vernachlässigte.

„Sie können sich vielleicht vorstellen, warum wir Sie besuchen?", eröffnete Erwin Schütz das Gespräch.

„Wollen Sie damit auf den Schwallborn anspielen?"

Knauper und Schütz schwiegen. Sauer zuckte kurz mit den Achseln: „Nein... um den Schwallborn tut es mir nicht leid", äußerte der ehemalige Star-Reporter ungefragt und mit leiser Stimme. Er verschränkte die Arme ineinander und zog tief und heftig Luft ein, sein Blick ging unbelebt und schläfrig ins Leere.

Knauper und Schütz warteten ab. Nach etlichen Sekunden atmete Sauer wieder durch den offenem Mund heftig ein und stieß die Luft mit einem stöhnenden „Hhh..." wieder aus: „Wissen Sie... Ich habe mich gut fünfundzwanzig Jahre lang Tag und Nacht, Ostern und Weihnachten, für RTVS engagiert – das war aber wohl alles nichts wert...."

„Herr Sauer", wandte sich Erwin Schütz an den Mann: „Wir verstehen, dass Sie offenbar unter dem Betriebsklima und den Umständen in ihrem Sender sehr gelitten haben, trotzdem müssen wir Sie fragen: Wo waren Sie am letzten Freitag, abends zwischen 20 und 23 Uhr?"

Roland Sauer schüttelte stumm den Kopf und stammelte dann: „Ich war das nicht... aber ich hab auch kein Mitleid mit dem... Der hat zu viele Schweinereien gemacht...".

Nach einer Weile stummen Zuwartens räusperte Knauper sich: „Herr Sauer, ich mache Sie darauf aufmerksam, dass Sie ein Motiv für die Tat haben könnten, weil der Herr Dr. Schwallborn Ihnen doch wohl ziemlich übel mitgespielt hat! Also, beantworten Sie jetzt bitte die Frage meines Kollegen."

Wieder warteten Knauper und Schütz auf eine Antwort und blickten auf das Häuflein Elend, das apathisch vor ihnen saß. Sauer zog abermals heftig Luft ein und schüttelte stumm den Kopf. Seine Augenlider flackerten unruhig. Dann sagte Sauer, immer wieder stockend und schwer nach Luft schnappend: „Ich war das nicht... Ich sage Ihnen doch... Nein, ich habe dem Schwallborn nicht die rote Karte verpasst und ihn aus dem Spiel genommen."

Erwin Schütz gab sich Mühe, weiter betont ruhig auf den Mann einzureden: „Herr Sauer... bei allem Verständnis für Ihre Situation... Sie müssen uns jetzt wirklich sagen, wo Sie am letzten Freitagabend waren!"

Abermals schwieg der ehemalige Sportreporter und ließ nur den Kopf hängen.

Kommissar Knauper wartete noch eine Minute, dann stand er auf: „Herr Sauer, wenn Sie kein Alibi haben, dann müssen wir Sie jetzt zur weiteren Befragung mitnehmen! Sie haben das Recht weiter zu schweigen. Sie haben das Recht auf anwaltliche Hilfe. Alles, was Sie sagen, kann vor Gericht gegen Sie verwendet werden. Kommen Sie bitte!"

Donnerschlag am Donnerstag

Der Motorradfahrer stellte den Motor seiner Maschine ab. Bis zur Einfahrt ins Parkhaus von RTVS lagen nur noch knapp einhundert Meter vor ihm.

Der Mann schaute sich um: die Kaiserstraße war kurz vor halb drei nachts menschenleer. Der Unbekannte öffnete den Reißverschluss seiner Lederkombi und zog eine buntbedruckte Einkaufstüte aus der Innentasche. Es dauerte nur wenige Sekunden, bis er die Nylontüte wie ein Kondom über das Motorradkennzeichen am Hinterrad gestülpt und mit dem Gummiring eines Einweckglases befestigt hatte. Dann startete er seine Maschine, brauste los, fuhr in das RTVS-Parkhaus ein und stellte die Maschine auf den Vorstandsparkplätzen ab.

An diesem Donnerstag klingelte im Hause Knauper auf dem Saarbrücker Eschberg bereits um zwanzig Minuten nach fünf morgens das Telefon. Konrad Knauper griff schlaftrunken nach dem Hörer, meldete sich leise und lauschte: „Donnerwetternochemoo! Ja.... verstanden... Ja, bis gleich!"

„Was ist los, Konni?", fragte Claudia. Sie sah, dass ihr Mann aufstand und zur Schlafzimmertür schlich.

„Schlaf weiter, Schatz! Ich muss in die Stadt"

Jetzt war Claudia hellwach: „Konni, was ist passiert?"

„Beunruhige dich nicht! Es ist etwas Dienstliches... Ich muss los!"

Fünf Minuten später verließ Knauper unrasiert das Badezimmer und stieg die Treppe ins Erdgeschoss hinunter. In der Diele des Wohnhauses stand Claudia in einen umgelegten Bademantel gehüllt und lächelte ihrem Mann mit einem Becher dampfenden Kaffees in der Hand entgegen: „Hier, mein Knauperle! Fahr bitte vorsichtig!"

„Hm", brummte Knauper, küsste seine Frau, nahm den Kaffeepott aus ihren Händen und verließ das Haus.

In der Tiefgarage von RTVS wurde der Kommissar von einem Streifenpolizisten in Begleitung eines Mannes vom Wachdienst des Senders erwartet. Knauper stellte den Motor seines Wagens ab und stieg aus: „Morje! Wo geht 's lang?"

„Hier bitte!", rief ihm der Wachdienstmann eilfertig zu und stürmte zügigen Schrittes los: „Kommen Sie! Wir nehmen die 'Bonzenschleuder'! Eine Putzfrau hat ihn gefunden..."

„Langsam!", knurrte Knauper und ging dem Wachmann nach, der zwar in Richtung des Treppenhauses lief, dort aber nicht die Tür zum Aufgang öffnete, sondern nach links um eine Ecke bog und wenige Schritte später vor einer Aufzugtür stand, die dem Kommissar bei einem seiner früheren Funkhaustermine noch gar nicht aufgefallen war.

„Hier sind die Vorstandsparkplätze", erläutere der Streifenpolizist knapp.

„Und mit diesem Lift kann man direkt in die Elfte oder Zwölfte fahren. Wir haben das Ding intern auf 'Bonzenschleuder' getauft", fügte der Mann vom Wachdienst erklärend hinzu.
Knauper beobachtete, wie der Wachmann auf einem Tastaturfeld einen Code eintippte und sich daraufhin

die Tür des Aufzugs öffnete. Zu dritt bestiegen sie die Kabine und fuhren nach oben. In der 11. Etage öffnete der Wachmann die Tür: „Ich gehe mal voraus."

Ohne eine Antwort des Kommissars abzuwarten, stürmte er in Richtung des Büros von Dr. Schwallborn los. Knauper und der Streifenpolizist folgten ihm. Vor der offenen Bürotür, vor der ein weiterer Polizeibeamter Position bezogen hatte, stand ein Reinigungswagen mit zwei Eimern, Bodenwischer und Reinigungsmitteln.
Der Polizist wies den Kommissar ein: „Büro Dr. Schwallborn, Herr Hauptkommissar. Lars Bresser liegt drin. Erschlagen! Es hat wohl ein Kampf stattgefunden."

„Ja, das werden wir ja dann sehen", maulte Knauper müde und missgelaunt und warf einen Blick in das Büro: Links neben dem Schreibtisch von Dr. Schwallborn lag Lars Bresser auf dem Boden, die Füße Richtung Bürotür ausgestreckt. Um seinen Kopf hatte sich eine Blutlache gebildet, die an den Rändern schon angetrocknet war und schuppige Risse zeigte.

„Wer hat ihn gefunden?", fragte Knauper den Polizisten, der ihm schnell antwortete:
„Der Wachmann sagt, die Frau vom Reinigungsdienst. Sie hat ihn auch sofort erkannt. Wir haben die Frau draußen im hinteren Teil vom Flur auf einen Stuhl gesetzt. Sie ist fix und fertig."

„Wer war noch außer ihr in diesem Büro?"

„Nur ich", antwortete der Mann vom Wachdienst: „Ich bin von der Putzfrau gerufen worden."

Knauper nickte: „Sie geben meinem Kollegen jetzt bitte Ihre Personalien und halten sich dann weiter zur Verfügung!"
Damit wandte sich der Kommissar um, verließ das Büro und ging den Flur entlang auf die Frau zu, die leise weinend und zusammengesunken zehn Meter entfernt auf einem Stuhl saß.
„Guten Morgen, meine Name ist Konrad Knauper", stellte sich der Kommissar vor: „Und Sie sind?"

„Claudette Müller aus Grosbliederstroff", kam es leise und schluchzend zurück.

„Aus 'Grosblie'?", lächelte Knauper: „Da bin ich ab und zu im Café de la Gare. Und in der Boulangerie am Marktplatz kaufe ich mein Baguette, wenn ich bei euch vorbeikomme. Frau Müller, da können wir zwei ja einfach Deitsch mit 'nanner schwäddse?"

„Allemool!", nickte die Frau.

„Sie gehören also zum Reinigungspersonal? Erzählen Sie doch mal, was passiert ist!", forderte Knauper die

Frau betont freundlich und mit ruhiger Stimme zum Sprechen auf.

„Ei, ich bin wie immer um kurz vor fünf zum Dienst gekommen, habe mich umgezogen und bin dann hierher, um anzufangen."

„Wo ziehen Sie sich denn immer um, Frau Müller?"

„Ei, da vorne...".
Die Frau deutete in Richtung des Aufzugs. „Wir haben direkt neben dem Aufzug einen Abstellraum für unsere Putzmittel. Und da ziehen wir uns auch immer um."

Knauper schaute Frau Müller weiter ruhig und verständnisvoll an: „Gut, da ziehen Sie sich also um... Aber fangen wir 'mal ganz vorne an. Frau Müller, wie kommen Sie denn überhaupt in das Funkhaus und dann hierhin?"

„Ei, aus der Tiefgarage fahren wir immer mit der 'Bonzenschleuder'... ehm, Verzeihung... ich meine natürlich den Aufzug."

„Sie sind also aus der Tiefgarage hierher hochgefahren und haben sich umgezogen. Und dann?"

„Dann hab ich gesehen, dass die Tür vom Büro vom Herr Dr. Schwallborn offengestanden hat und Licht

136

brannte, obwohl der Herr Doktor doch am letzten Freitag..."

Frau Müller brach ihre Rede ab, schluchzte und nestelte ein Taschentuch aus ihrem Kittel. Sie schnäuzte sich heftig und fuhr dann fort: „Und dann hab ich ihn da auf dem Boden gesehen."

Kommissar Knauper wartete wieder einen Augenblick, bis er die Frau mit einem knappen „Und dann?" aufforderte, weiterzuerzählen.
Sie schluchzte erneut auf: „Dann habe ich den Wachdienst gerufen."

Knauper nickte ihr zu: „Das haben Sie richtig gemacht! Ich habe nur noch eine wichtige letzte Frage: Haben Sie das Büro betreten?"

Frau Müller schüttelte energisch den Kopf, schnäuzte sich wieder in ihr Taschentuch: „Nää... Herr Kommissar. Ich hann mich nedd getraut. Das ist doch jetzt hoffentlich keine unterlassene Hilfeleistung?"

„Frau Müller, machen Sie sich keine Gedanken!", beruhigte Kommissar Knauper das Häufchen Elend: „Sie haben das alles ganz richtig gemacht! Jetzt schreibt ein Polizist nur noch schnell ihre Personalien auf und dann gehen Sie für heute nach Hause, ja?!"

Knauper lächelte ihr zu, Frau Müller nickte ein-, zweimal stumm und tutete erneut kräftig in ihr Taschentuch.

Inzwischen war eine Gruppe der Tatortbereitschaft eingetroffen und hatte damit begonnen, das Büro von Dr. Schwallborn mit dem darin liegenden toten Lars Bresser zu begutachten. Knauper ließ sich einen Ganzkörperoverall mit Kopfhaube und Mundschutz anreichen, streifte blaue Einwegüberzieher über seine Schuhe und betrat ebenfalls den Tatort.

„Morgen!"

„Morgen!", schallte es mehrstimmig zurück.

„Na, was sagt Ihr? Wie sieht es aus, Alex?" wandte sich der Kommissar an Alexander Schreiber, den Chef des Trupps.

„Regale leer... Türen der Büroschrankwand stehen auf, ebenfalls komplett leer... Schreibtischschubladen sind herausgerissen... leer. Hier hat offensichtlich jemand in aller Eile etwas in dem leergeräumten Büro gesucht. Und der Mann hier wurde wohl mit dieser Statue erschlagen."

Schreiber deutete auf eine etwa fünfundzwanzig Zentimeter hohe, blutverschmierte Metallfigur, die vor ihm in einer mit einer Nummer beschrifteten Plastiktüte lag:

„Das Ding lag neben seinen Füßen auf dem Boden. Es gibt Hinweise darauf, dass ein Kampf stattgefunden hat. Schau 'mal Konni: Die drei Knöpfe auf dem Boden... die sind an seinem Hemd abgerissen. Und man sieht, dass der Schlag mit der Statue ihn von vorn getroffen hat – links am Kopf."

„Vom Os Frontale bis zur Squama Frontalis zertrümmert", mischte sich eine Kommissar Knauper wohlvertraute Stimme ein.

„Ach, der Herr Dr. Schneider ist auch schon vor Ort! Ich habe Sie in der Verkleidung gar nicht erkannt", frozzelte Knauper.

„Wenn ich eingeladen oder gerufen werde, lieber Herr Knauper... dann bin ich immer pünktlich, egal ob donnerstags mitten in der Woche oder samstags am Wochenende. Pünktlichkeit ist die Höflichkeit der Könige.", kam es ironisch zurück.

„Zur Sache bitte, Dr. Schneider!", zischelte Knauper: „Der Bresser ist also hier in diesem Raum erschlagen worden?"

„Wie bereits gesagt: Os frontale..."

„Schneider, es reicht!", donnerte Knauper los: „Um diese Uhrzeit steht mir wirklich nicht der Sinn nach Ihren akademischen Abhandlungen. Dass dem der Schädel eingeschlagen wurde, das sehe ich selbst! Also bitte: Seit wann liegt die Leiche hier? Todeszeitpunkt?"

Dr. Schneider setzte überbetont ruhig und gönnerhaft lächelnd erneut an:
„Ausgehend von der momentanen Körpertemperatur ist der Mann, der hier vor uns auf dem Boden liegt, vor etwa drei bis vier Stunden verstorben. Das Opfer wurde von einem Schlag getroffen, der mit Wucht und von vorne gegen ihn geführt wurde. Und zwar von oben nach unten, lieber Herr Knauper."

Dr. Schneider legte eine Pause ein und wartete auf eine Reaktion des Kommissars. Knauper schaute seinerseits stur geradeaus am 'Schnibbler' vorbei und tippte mit dem rechten Fuß im Sekundentakt abwartend und auffordernd zugleich auf den Fußboden.

Dr. Schneider entschloss sich nach einer Weile, das kleine Nervenspielchen mit Knauper abzukürzen:
„Wie bereits gesagt: Das Os Frontale, das Stirnbein, ist ihm links eingeschlagen worden und der Schlag hat auch die Squama Frontalis, seine Stirnbeinschuppe, zerstört. Es deutet Vieles darauf hin, dass auch Arcus Superciliaris und Margo Supraorbitalis etwas abbekommen haben, aber das sage ich Ihnen dann genau, wenn ich ihn

bei mir auf dem Tisch hatte. Also, auf nach Homburg!"
Kommissar Knauper nickte: „Danke! Gute Fahrt! Ich
höre ja dann umgehend von Ihnen, Herr Dr. Schneider?"
Und so leise, dass es der 'Schnibbler' nicht hören konnte, brummelte er dem Medizinmann hinterher: „Schaffen Sie sich bloß fort, Sie alter Neimärder und Quer-
treiber!"

Dann wandte sich der Kommissar wieder seinen Kollegen von der Spurensicherung zu: „Alex, habt Ihr wegen DNA-Material schon unter den Fingernägeln von
Bresser nachgeschaut? Wie sieht es aus mit Haaren,
Hautschuppen? Und was ist mit Fingerabdrücken oder
sonstigen Spuren auf der Statue oder im Zimmer? Und
was ist das überhaupt für ein Ding?"

„Die Statue ist eine Auszeichnung von 1987 für eine
Fernsehshow. Ist am Sockel eingraviert... Es sind jede
Menge Fingerabdrücke auf dem Ding drauf, die müssen
wir natürlich alle noch abgleichen. Ich vermute einmal,
dass die meisten von dem Dr. Schwallborn stammen.
Es ist ja schließlich sein Büro hier... ich meine, es war
ja sein Büro...
Vielleicht hat der Bresser das Ding aber auch in den
Fingern gehabt. Na, das werden wir ja sehen...
Noch einmal zu den abgerissenen Knöpfen von seinem
Hemd: Ich tippe, dass ein Kampf stattgefunden hat,

den er allerdings verloren hat... Vielleicht wurde er hier überraschend angegriffen und hat versucht, sich mit der Statue zu wehren..."

Kommissar Knauper nickte nachdenklich: „Gut, wenn Ihr hier fertig seid, ruft bitte den Kollegen Bender an. Der soll sich um den Abtransport der Leiche kümmern und dann die Fotodokumentation in Homburg beim 'Schnibbler' gleich mitmachen!"

Auf dem Flur wurden Stimmen laut, die aufgeregt und laut durcheinander riefen und sich der offenstehenden Bürotür näherten. Kommissar Knauper hörte, aus dem tönenden Gewirr den Vorstandsvorsitzenden Dr. Seifer und seinen Kollegen Erwin Schütz heraus. Er trat aus dem Büro, streifte die Schutzbekleidung ab und ging entschlossen auf Dr. Seifer zu, der offensichtlich schon versuchen wollte, vorbei an Erwin Schütz in Schwallborns Büro zu gelangen:
„Guten Morgen! Können wir uns in Ihrem Büro unterhalten, Herr Dr. Seifer? Hier stehen wir den Kollegen momentan nur in den Füßen herum!"

Der Medienmann machte zwar eine missmutige Miene, als Knauper und Schütz ihn von der Bürotür wegdrängten, nickte dann aber kurz zur Bestätigung, dass er die scharf ausgesprochene Aufforderung Knaupers verstanden hatte. Die Kommissare fuhren mit dem Vorstandsvorsitzenden eine Etage höher in sein exklusives Aussichtsbüro, das einer Penthouse-Wohnung für eine Großfamilie alle Ehre gemacht hätte. Dort nahm Knauper das Gespräch wieder auf: „Haben Sie eine Ahnung, warum der Herr Bresser sich im Büro des Herrn Dr. Schwallborn aufgehalten hat?"

„Nun, da er als Nachfolger von Dr. Schwallborn bestimmt werden sollte, hat er sich wohl gleich im neuen Büro einrichten wollen.", antwortete C.E.O. Seifer arglos.

„Und wer wird jetzt die frei werdende Position von Bresser erhalten? Steht da auch schon ein Nachrücker fest?"

„Nun ja... da wäre Herr Krone ganz sicher ein geeigneter Kandidat. Unser 'Head of Entertainment' hat sich in den letzten Jahren durchaus für weitere Aufgaben empfohlen. Diese Personalie ist aber ..."

Dr. Seifer stockte mitten im Satz und fuchtelte mit den Armen nervös in der Luft herum: „Mein Herren, Sie denken doch nicht etwa, dass Herr Krone der Nächste in der Reihe ist, der umgebracht... Ist der Herr Krone etwa auch in Gefahr?"

„Das wissen wir nicht... Und es kommt vielleicht auch darauf an, ob er sich auch so viele Freunde in diesem

Haus gemacht hat wie die Herren Schwallborn und Bresser" knirschte Erwin Schütz halblaut zwischen den Zähnen hervor.

Knauper machte mit der rechten Hand eine abwinkende Bewegung: „Jetzt bleiben wir aber erst einmal bei dem Mord von heute Nacht! Noch lebt Ihr 'Head of Entertainment' ja noch... Wichtig ist es jetzt, zunächst einmal einen Blick auf den Sonderaufzug aus der Tiefgarage zu werfen. Herr Dr. Seifer, dieser spezielle Fahrstuhl neben den Vorstandparkplätzen: Wer alles kann den benutzen?"

Dr. Seifer zog ein Taschentuch aus seiner Jackentasche, tupfte sich damit nervös zitternd über die Stirn:
„Nun, der Lift fährt von der Tiefgarage aus direkt zur elften und zwölften Etage. Er ist mit einem alphanumerischen Code gesichert ist, der nur leitenden Mitarbeitern, vier Wachleuten und drei Personen vom Roomkeeping bekannt ist."

„Diesen Code", fragte Knauper nach, „kennt also nur ein eingegrenzter Personenkreis? Lassen Sie uns bitte eine Namensliste anfertigen!"

Vorstandsvorsitzender Seifer hüstelte und nickte: „Ja... eine Liste... ja. Herr Kriminalhauptkommissar... Jede berechtigte Person verfügt über einen eigenen Identifikationscode. Wir können dadurch auch die Festplatte der Steuerung auslesen und somit erfahren, wer den Aufzug wann benutzt hat."

Knauper sprang auf: „Na, dann aber mal los! Lassen Sie bitte sofort alles ausdrucken!"

Dr. Seifer beauftragte die Vorsteherin seines Sekretariats, die vom Wachdienst telefonisch alarmiert worden war und daraufhin zu ungewohnt früher Stunde in das Medienhaus geeilt war, Namens- und Zugangsdaten auszudrucken. Und nach knapp zehn Minuten Wartens wurde den Herren die Aufstellung überbracht.
Knauper beugte sich über den Ausdruck und las Zeile um Zeile, von unten nach oben:
„Ihr Name, Herr Dr. Seifer, steht in dieser Tabelle in der letzten Zeile. Das bedeutet, Sie haben als Letzter den Aufzug benutzt?"

„Ja. Vor zwanzig Minuten, gemeinsam mit Ihnen, als wir vom 11. Stock hierher gefahren sind."

„Hm...", brummelte Knauper und glitt mit dem Finger über die Liste nach unten, vorbei an den Eintragungen für die Reinigungskraft und den Wachdienst. Dann tippte er mehrmals mit dem Finger auf eine Zeile:
„Hier! Raten Sie mal, wer um 2:37 Uhr heute Nacht den Aufzug aus der Tiefgarage benutzt hat? Der Identifikationscode ist 13-S-11."

Dr. Seifer beugte sich über die Liste und plötzlich wich alle Farbe aus seinem Gesicht und er erbleichte: „Das ist doch der Code von... Das ist doch unmöglich!"

Knauper erhob sich aus seinem Sessel: „Nach dieser Liste ist heute Nacht der ermordete Dr. Gerhard Schwallborn mit Ihrem Aufzug von der Garage zu seinem Büro im 11. Stockwerk gefahren!"

Alibi

Als Roland Sauer gegen 10 Uhr morgens in der Arrestzelle von seinem Anwalt aufgesucht wurde, übermannten den Sportreporter die Gefühle, und er brach in Tränen aus.

Dem Anwalt war es unangenehm, seinen Mandanten in dieser Verfassung vor sich zu sehen. Vor drei Monaten hatte der Rechtsanwalt das Mandat für die arbeitsgerichtliche Auseinandersetzung Sauers mit RTVS übernommen und den ehemaligen Reporterstar seither bei vielen Besprechungen niedergeschlagen und bedrückt erlebt.

Dass Sauer nun aber völlig aufgelöst vor ihm saß und regelrecht die Fassung verlor, berührte den Anwalt, auch wenn es seine professionelle Einstellung von ihm verlangte, schlichtweg sachlich zu bleiben. Aus den Erfahrungen mit ähnlich gelagerten Fällen war dem Juristen bewusst, dass Sauer sich völlig wertlos fühlen musste, nachdem ihm der Arbeitsboden unter den Füßen weggezogen worden war und er aus Verzweiflung einen Auflösungsvertrag mit RTVS unterschrieben hatte.

Mehr als zwei Jahrzehnte hatte sich Roland Sauer für die Medien-AG engagiert und seine Arbeit nie als bloßen 'Job' gesehen. Er war oft belobigt worden, man hatte ihn befördert, er war in die höchste Gehaltsgruppe eingestuft worden und hatte vor fünf Jahren sogar noch eine Leistungszulage erhalten. Sauer war für alle Sender der DUM AG mehrfach als Reporter zu sportlichen Großereignissen entsandt worden, hatte von Olympischen Spielen und Weltmeisterschaften berichtet.

In der heimischen Sportredaktion hatte er so lange eigenständig gearbeitet, bis Bresser und Schwallborn ihn vor einem Jahre vom Mikrofon abzogen und ihm in einem Großraumbüro die Aufgabe übertrugen, täglich acht Stunden lang vor einem Computerbildschirm die Meldungen des Sportinformationsdienstes zu sichten. Für Roland Sauer war die Arbeit als Sportreporter sein Leben gewesen. Und dieses Leben hatte man ihm genommen.

Der Anwalt reichte Sauer ein Papiertaschentuch, öffnete seine Aktentasche und entnahm ihr eine Schreibmappe: „Herr Sauer, Sie haben bei der Polizei für Freitag kein Alibi angegeben?"

„Ich konnte nicht... Ich kann nicht..."

Es war ein abgehacktes Stammeln, das da von einem Mann kam, der in seiner aktiven Reporterzeit in der Lage war, zweistündige Live-Reportagen flüssig und mit Esprit und Bravour über die Bühne zu bringen: „Ich schäme mich zu sehr...".

„Warum? Warum schämen Sie sich denn?", fragte der Anwalt behutsam nach.

„Weil... weil... Ich möchte nicht darüber sprechen...
Das ist kein Thema für die Öffentlichkeit...“

Der Anwalt machte einen neuen Versuch, seinen Mandanten zum Sprechen zu bewegen:
„Herr Sauer. Wir sind hier nicht in der Öffentlichkeit,
wir sind hier unter uns. Was Sie mir hier anvertrauen,
bleibt auch unter uns. Also: Was ist kein Thema für die
Öffentlichkeit? Worüber wollen oder können Sie nicht
sprechen?“

Roland Sauer atmete schwer, rückte auf seinem Stuhl
hin und her und begann schließlich doch mit sehr leiser
Stimme zu reden:
„Ich bin in Behandlung... bei einem Psychotherapeuten... Ich nehme Medikamente, sonst komme ich überhaupt nicht mehr durch den Tag... Ich bin so leer und
ausgebrannt, dass ich morgens Mühe habe, aufzustehen. Es gibt Tage, da schaffe ich es nicht einmal, bis in
die Küche zu gehen und mir einen Kaffee zu kochen.
Ich kann es einfach nicht. Ich kann nicht mehr vor die
Tür gehen, schaffe die paar Meter bis zu meinem Brief-
kasten nicht mehr. Und wenn ich es einmal fertigbringe
aus dem Bett aufzustehen, dann lege ich mich sofort
wieder kraftlos auf das Sofa und starre im Wohnzimmer
die Wand an.
Früher habe ich auch oft gesagt 'wenn man will, dann
kann man auch'. Aber jetzt erfahre ich am eigenen Leib,

dass das nicht stimmt. Ich kann einfach nicht, ich habe überhaupt keine Kraft mehr. Ich fühle nichts mehr, ich spüre nichts mehr. Ich liege nur da und denke darüber nach, eine Fahrkarte für den letzten Zug zu nehmen... Was soll ich mit diesem armseligen Rest meines Lebens noch anfangen? Die Medikamente haben mich bis jetzt davon abgehalten, die Fahrkarte zu lösen.

Trotzdem sitze ich aber in einem tiefen, schwarzen Krater und sehe von dort unten keinen Himmel mehr. Die Schweine haben mich total kaputt gemacht...".

Der Anwalt wartete eine gute Minute, bevor er leise und mit einfühlsamer, betont ruhiger Stimme auf seinen Mandanten einging:

„Ich verstehe Sie, Herr Sauer. Ja, ich verstehe Sie! Aber wir haben in einer halben Stunde einen Termin beim Haftrichter und den packen wir zwei jetzt gemeinsam, ja? Bitte seien Sie mit der Wortwahl nachher im Richterzimmer vorsichtig. Wenn wir unter uns sind, Herr Sauer, können Sie Schweine als solche bezeichnen, nachher halten wir uns damit aber zurück, gell?

So, Herr Sauer... Jetzt schauen wir erst einmal, dass Sie hier herauskommen! Und noch einmal: Ich verstehe Sie sehr, sehr gut. Ich war früher selbst schon einmal in einer ähnlichen Situation wie Sie...

Wir werden als Helden gefeiert, wenn wir auf dem Motorrad in sportlichem Fahrstil unterwegs sind, in der Kurve wegrutschen und uns die Schulter dabei brechen.

Wir reden öffentlich und stolz darüber, wenn wir uns beim Skifahren auf der schwarzen Piste ein gebrochenes Bein einfangen... Eine gebrochene Seele ist aber ein gesellschaftliches Tabu. Ja, darüber redet man nicht...

Wie gesagt, Herr Sauer, ich verstehe Sie nur zu gut! Und glauben Sie mir: Sie sind nicht mein erster Mandant, der so etwas durchmacht... Also jetzt mal 'raus mit der Sprache: Haben Sie ein Alibi für Freitagabend?"

Kommissar Knauper betrat die Praxisräume des Psychotherapeuten und Psychiaters Dr. Selmann in der Saarbrücker Innenstadt und wurde nach einem deutlich ausgesprochenen Hinweis auf die Dringlichkeit seines Besuches schon nach wenigen Minuten von der Sprechstundenhilfe zum Arzt vorgelassen. Knauper stellte sich kurz vor und fragte den Mediziner nach seinem Patienten Roland Sauer. Der Arzt schüttelte verneinend den Kopf:

„Angesichts der Schweigepflicht, der ich unterliege, kann ich Ihnen beim besten Willen keine Einzelheiten nennen. Ich kann lediglich bestätigen, dass Herr Sauer ein Patient von mir ist."

Knauper verstand sofort, dass er ohne eine Unterschrift Sauers zur Entbindung von der ärztlichen Schweigepflicht hier und jetzt keine Einzelheiten über den

Sportreporter aus dem Therapeuten herausbekommen konnte. Also beschränkte er sich auf die Frage nach dem Alibi Sauers: „Hat Herr Sauer am vergangenen Freitag an einer Gruppentherapie bei Ihnen teilgenommen?"

„Oh, das wissen Sie? Ja, das kann ich Ihnen dann ja bestätigen. Herr Sauer nimmt an einer Gruppentherapie teil und war letzten Freitagabend hier", nickte der Mediziner und fragte seinerseits nach: „Ist Herr Sauer in irgendwelchen Schwierigkeiten?"

„Nein", kommentierte Knauper kurz und knapp: „Wenn er am Freitagabend hier war, dann kann er mit der Sache, in der ich zur Zeit ermittele, nichts zu tun haben. Aber wenn ich nun schon einmal hier bin: Wie viele Mitglieder hat denn diese Mobbinggruppe?"

Dr. Selmann lächelte: „Ah, Sie kennen auch den Hintergrund der Therapiegruppe? Von einer 'Mobbinggruppe' hatte ich ja nicht gesprochen... Nun gut. Zur Zeit nehmen achtzehn Personen in zwei Gruppen daran teil. Wissen Sie Herr Kommissar, dieses Übel greift immer mehr um sich. Es gibt Unternehmen, in denen wird gemobbt bis zum bitteren Ende.
Wir haben einen jungen Mann in der Gruppe, der ist 36 Jahre alt und war Filialleiter bei einem Discounter. Vor vier Jahren hat seine Konzernzentrale von ihm verlangt, den Umsatz der Filiale um sieben Prozent zu stei-

gern. Der Mann hat das mit seinen drei Mitarbeiterinnen geschafft. Darauf hieß es aus der Geschäftsführung: 'Das hat gut funktioniert, also können wir das dieses Jahr noch einmal von Ihnen einfordern'. Und wieder steigerte die Filialbelegschaft den Umsatz. Dass dabei die ersten gesundheitlichen Probleme auftraten – Magenschmerzen, Schlafstörungen, Herzrasen, erhöhter Blutdruck, Schwindelgefühle -, das hat niemanden weiter interessiert. Die Leute haben brav Medikamente geschluckt und sich nach jedem Wochenende mit Angst vor dem Druck weiter zu ihrem Arbeitsplatz gequält...
Vor zwei Jahren wurde zum dritten Mal eine Umsatzsteigerung eingefordert. Jetzt sind die Menschen regelrecht zusammengebrochen. Das haben sie nicht mehr geschafft. Und wissen Sie, was passiert ist? Die Filiale wurde geschlossen, die Mitarbeiter zum Arbeitsamt geschickt. Ein dreiviertel Jahr später, dieses Jahr im Frühjahr, hat der Discounter die gleiche Filiale mit neuem Personal wieder eröffnet. So wird heutzutage an der Personalschraube gedreht...."

Konrad Knauper dachte an seinen Schreibtisch im Landespolizeipräsidium. Da hatte sich in den letzten Jahren auch viel verändert:
„Herr Dr. Selmann, auch bei uns gibt es heute mehr PCs als Sekretärinnen. Es wird nicht mehr diktiert, sondern von jedem selbst in den Computer getippt. Aber deshalb muss ich doch nicht krank werden?"

Der Arzt nickte kurz: „So, wie Sie es beschreiben, ist das ja auch in Ordnung. Aber ich rede von Fällen, in denen bisher fünf Leute zusammengearbeitet haben, dann wurden zwei von ihnen 'freigesetzt'. Und nun müssen drei Leute das bewältigen, was früher fünf geleistet haben. Das führt logischerweise bei den Betroffenen zu einer permanenten Überbelastung. Hinzu kommen ständiger Druck von oben und Angst um den Arbeitsplatz. Und nicht dass Sie jetzt denken, das kommt nur bei Discountern und Großschlachtereien vor. Nein, inzwischen hat diese Personalpolitik auf ganzer Breite Einzug gehalten...“

Knauper wurde nachdenklich. Ihm fielen die Dokumentationen ein, die das Fernsehen spät abends nach 23 Uhr zu dieser Thematik zeigte: „Ich kenne das von Leiharbeitern und Arbeitskolonnen aus osteuropäischen Ländern...“

„Darüber müssen wir erst gar nicht reden“, schüttelte Dr. Selmann den Kopf: „Inzwischen ist das Thema auch bei den sogenannten 'besseren' Jobs angekommen. Ich habe zur Zeit in zwei Therapiegruppen außer Herrn Sauer weitere fünf Personen aus einem Unternehmen, das nach außen hin gerne gute Laune und gesellschaftlich relevante Informationskompetenz im wahrsten Sinne des Wortes 'ausstrahlt'.
Bei uns hat ein regelrechter Paradigmenwechsel in der

Wirtschaft stattgefunden. Aus Mitarbeiterinnen und Mitarbeitern werden Personalnummern, die ausgequetscht werden wie eine Südfrucht. Und solange niemand schreit oder umkippt, wird weiter gequetscht. Diese mittlerweile fast überall anzutreffende, neue Betriebskultur füllt uns Ärzten dann die Wartezimmer... Und die Solidargemeinschaft darf sich über die Krankenkassen- und Rentenbeiträge an den Reparaturkosten beteiligen."

Limousin-Lamm und Grenouilles

Nach dem Mittagessen in der Polizeikantine trat auch an diesem Nachmittag die Mordkommission 'Funkhaus' zusammen. Kommissar Knauper hatte, durch den spontan in seine Tagesplanung einbezogenen Besuch in der Praxis von Dr. Selmann, ein 'Zweierlei vom Limousin-Lamm mit Steinpilzduxelles auf Holunderbeeren-Pfefferjus' verpasst und sich mit einem Fleischkäseweck in den Nachmittag hinübergerettet.

„Du hast in der Kantine nix verpasst", kommentierte Erwin Schütz das heutige Gourmeterlebnis und fingerte ungeniert mit einem Zahnstocher in seiner Mundhöhle herum: „Das war wieder ein sagenhaftes 'Menu Surprise'..."

Knauper eröffnete die Besprechung und teilte seinen Kollegen mit, dass der Haftrichter um halb elf vormittags entschieden hatte, dass für den ehemaligen Sportreporter Sauer keine Untersuchungshaft angeordnet wird, weil der Mann nun doch ein Alibi hatte. Sauer hatte vor dem Haftrichter berichtet, er besuche eine Mobbingselbsthilfegruppe, die sich jeden Mittwoch und Freitag um 20 Uhr in der Saarbrücker Innenstadt trifft.

Kommissar Knauper berichtete seinen Kollegen weiter, dass er diese Angaben unmittelbar nach Sauers neuer Einlassung in der Praxis des Psychotherapeuten überprüft hatte und der Mediziner ihm das Alibi des Sport-reporters bestätigt hatte: Eine Gruppe von Mobbing-betroffenen hatte am vergangenen Freitag von 20 bis 23 Uhr zusammen gesessen. Sauer konnte also mit dem Mord an Dr. Schwallborn nichts zu tun haben und war damit raus aus dem Rennen.

„Das hätte uns der Typ doch auch gleich sagen können, das hätte uns viel Arbeit erspart", meldete sich Urs Bender zu Wort.

„Ja", nickte Knauper, „aber der Sauer hat uns diese Auskunft verweigert, weil er sich geschämt hat, das auszusagen."

„O.k. Das kann ich irgendwie sogar verstehen...", murmelte Erwin Schütz leise.

Die Runde überlegte schweigend, wie die Ermittlungen jetzt weitergeführt werden könnten. Und es war Erwin Schütz, der als erster wieder etwas sagte:
„Kollegen, ich weiß offen gestanden auch nicht, wie wir in diesem Fall weiterkommen sollen. Seit heute Nacht haben wir ja auch noch die Leiche von Lars Bresser auf dem Tablett. Und der Vorstandsmensch vom Sender hat Angst, dass eine Mordserie stattfinden könnte. Er meint, als Nächster könnte jetzt der eine vom 'Radler-Duo' dran sein..."

„Donnerwetternochemoo!", presste Knauper einen Fluch mit zusammengebissenen Zähnen heraus: „Ja, Erwin. Es ist zum Mäusemelken, aber wir dürfen nicht resignieren und müssen uns weiter an den Fakten entlanghangeln! Wir haben doch unseren Kopf nicht nur, um uns die Haare schneiden zu lassen...
Also: Der Sauer scheidet als Mörder Schwallborns aus. Und von wegen 'Schwallborn': Der ist am Freitag ermordet worden, soll aber heute Nacht um halb drei mit der 'Bonzenschleuder' im Medienhaus gefahren sein? Unmöglich! Auf jeden Fall hatte irgendwer Schwallborns Sicherheitscode!"

Urs Bender nickte nachdenklich: „Ja... Und wir haben die Leiche von Bresser am Hals... Gut, dann gehen wir eben jetzt weiter die Liste der von Schwallborn gemobbten Mitarbeiter durch! Irgendwer muss ja einen Grund haben, diese Herren von RTVS 'alle' zu machen."

„Ja doch! Das sage ich doch!", polterte Knauper los: „Wir arbeiten die Liste mit den Namen der Freigestellten und Freigesetzten weiter der Reihe nach ab! Und zwar mit System und wie schon einmal besprochen: Neueste Fälle zuerst, ältere Fälle später. Der Sauer ist vor drei Monaten bei RTVS raus. Davor die Schlagershow-Monique... Sauer ist überprüft... Also fahren wir jetzt zu dieser Frau nach Gérardmer! Und Sie Leismann, fahren zum Funkhaus und lassen sich die Videos aushändigen, die die Überwachungskameras heute Nacht aufgezeichnet haben! Vielleicht hilft uns das ja noch ein Stückchen weiter."

Die Runde schwieg. Nur Kommissaranwärter Leismann nickte Knauper stumm um sichtlich beeindruckt, vielleicht auch ratlos und eingeschüchtert zu.

Da räusperte sich Erwin Schütz verhalten und wagte zaghaft, einen Einspruch zu formulieren:

„Konni... Von wegen Elsass... Wir können dort doch überhaupt nichts machen... wir dürfen doch gar nicht in Frankreich..."

„Das ist mir schnurzpiepegal!", lärmte Knauper jetzt los und sprang so heftig auf, dass der Stuhl, auf dem er gesessen hatte, nach hinten umkippte:

„Hopp! Wenn niemand von Euch mitfahren will, dann mache ich das eben jetzt alleine! Ich muss frisches Baguette für morgen früh besorgen! Ei, das wird man als Bürger im vereinigten Europa ja wohl noch dürfen! Donnerwetternochemoo!"

Auf der französischen A4 rollte ein Dienstwagen des saarländischen Landespolizeipräsidiums mit zwei Kommissaren an Bord und mit Tempo 130 gemütlich gen Süden.

Konrad Knauper hatte seinem Freund Erwin Schütz vorgerechnet, dass man in rund zweieinhalb Stunden die Ferme-Auberge der ehemaligen Show-Moderation Monika Dallemot bei Gérardmer erreichen könne und versucht, ihn zum Mitkommen mit dem Argument zu überzeugen, dieser Umstand gelte in beide Fahrtrichtungen und sie wären deshalb spätestens um 9 Uhr abends wieder in Saarbrücken. Als Erwin Schütz sich daraufhin immer noch nicht von der Idee begeistert zeigte, hatte Knauper eine weitere Trumpfkarte ausgespielt:

Dass Monika Dallemot als abgesägte RTVS-Moderatorin ein Motiv für den Mord an Dr. Schwallborn haben könnte, diesen Hinweis gab er seinem Kollegen Schütz leidenschaftslos. Seinem Freund Erwin aber flüsterte er schwärmerisch ein:

„Der Flammkuchen vom l'Ecluse oder die Froschschenkel im Café de la Gare haben dir doch auch immer gut geschmeckt? Hopp, um 22 Uhr spätestens sind wir zurück!"

Monika Dallemot staunte nicht schlecht, als kurz nach halb sechs abends ein PKW mit Saarbrücker Kennzeichen den Schotterweg zu ihrer Ferme-Auberge hinaufgekrochen kam, und dem Wagen zwei Männer entstiegen, die sich als Knauper und Schütz vorstellten und sich sehr höflich nach ihr erkundigten:

„Bonjour und guten Tag, Frau Dallemot! Weil wir gerade in der Nähe waren, haben wir gedacht, wir sagen Ihnen mal kurz Hallo...", lächelte Knauper und gab sich alle Mühe, das freundlichste aller möglichen Gesichter zu machen.

Auch Erwin Schütz lächelte die Frau an: „Wissen Sie, wir sind Fans von Ihnen! Aber wir wollen Sie natürlich nicht stören. Wenn Sie jetzt keine Zeit haben...".

„Nun ja", unterbrach ihn Monika Dallemot: „Ich empfange ja nicht täglich Fanbesuch und eigentlich mache ich das gar nicht... Aber wenn Sie schon mal hier sind, dann kommen Sie für ein paar Minuten rein!"
Sie winkte die beiden Männer durch die Haustür in ihre Küche, die unmittelbar an einen kurzen Hausflur anschloss, und bot ihnen einen Platz auf der Ofenbank und eine Tasse Tee an.

„Nein, danke", lehnte Knauper ab: „Es ist schon nett, dass Sie uns überhaupt hereinbitten. Wir sind ja ganz

zufällig privat... einfach als interessierte Fernsehzu-
schauer... sozusagen...", brummelte Knauper nun doch
leicht verlegen und verunsichert, wurde aber von Erwin
Schütz erlöst:

„Wie gesagt, weil wir in der Nähe waren, haben wir
gedacht, wir schauen, wie die von uns sehr geschätzte
‚Monique Musique' jetzt so lebt. Zu Hause haben wir
noch Autogrammkarten von Ihnen!"

Die Frau lächelte: „Wissen Sie, das Kapitel 'Monique
Musique' ist für mich abgeschlossen! Endgültig! Mir
geht es hier gut. Ich produziere jetzt für mich Ziegenkä-
se, statt Käsemusik für RTVS."

„Ja", lachte Erwin Schütz, „einige Ihrer Showgäste waren auch für mich als Fan... naja, schon auch für mich
gewöhnungsbedürftig. Aber Sie, Frau Dallemot, waren
als Moderatorin immer richtig gut! Warum sind Sie eigentlich bei RTVS ausgeschieden?"

Monika Dallemot stand auf und ging zum Küchenfens-
ter, wandte ihren Besuchern den Rücken zu und schaute wortlos in die Landschaft hinaus. Den Kommissaren
inkognito blieb nichts anderes übrig, als abzuwarten, ob
es auf diese sehr direkte Frage von Erwin Schütz überhaupt eine Antwort von der Frau geben würde. Knauper hatte das Gefühl, dass gut zwei Minuten verstrichen
waren, als sich die ehemalige Moderatorin umdrehte

und wieder ihrem Besuch zuwandte. Mit sehr ernstem Blick schaute sie die Männer an:

„Wenn Menschen ein Trauma erleiden, brauchen sie Hilfe, um das zu verarbeiten und zu überwinden. Ich hatte Hilfe und habe gelernt, dass ein 'darüber reden' mir hilft. Deshalb antworte ich auf Ihre Frage, obwohl es Sie eigentlich ja wirklich nichts angeht: Ich bin bei RTVS nicht ausgeschieden, ich bin sozusagen ausgeschieden worden."

Sie lachte bitter und goss sich eine Tasse Tee ein: „Wollen Sie wirklich nicht? Selbstgemachter Königskerzentee, kann ich nur empfehlen! Den kannte schon Hildegard von Bingen. Das Besondere an diesem Tee ist, dass er mit getrockneten Blütenblättern aufgebrüht wird. Ich zupfe die Blüten auch deshalb, weil sie für Tiere extrem giftig sind. Aber haben Sie keine Angst! Sie vergifte ich nicht."

Sie lachte jetzt fröhlich und trank einen Schluck: „Fein! Er ist süß und erinnert mich an Honig. Ist gut für die 'Linie'. Der Tee muss nicht einmal mit Zucker gesüßt werden."

Knauper hüstelte und brachte das Gespräch wieder auf RTVS: „Viele Fans vermissen Sie jedenfalls...".
„Na, lassen Sie mal gut sein!", unterbrach die Frau ihn.
„Das ist, wie gesagt, aus und vorbei! Und ich kann hier

auch endlich wieder normal schlafen. Um es ganz offen zu sagen: Der schöne Schein, den RTVS verbreitet... Wenn man die internen Verhältnisse kennt, dann ist das ist alles Lug und Trug. Ich musste in den letzten Monaten jeden Abend, um in einem Bild zu sprechen, mit einem Motorradhelm ins Bett. Sonst wäre mir der Schädel auseinandergeplatzt. Zum Schluss hatte ich einen Hörsturz und bekam eine Depression."

Kommissar Knauper hatte den Eindruck, dass die Frau, die er vom Bildschirm her nur topmodisch gestylt und geschminkt kannte und die jetzt in einem grobgestrickten Pullover über einer abgewetzten Jeanshose und in Gummistiefeln vor ihnen saß, unter starkem inneren Druck stand. Er meinte geradezu hören zu können, wie es gedanklich in der Frau brodelte, wie 'Dampf im Kessel' aufstieg, der sich einen Weg suchte und schließlich mittels Worten herausgelassen werden wollte.

„Ich kann mittlerweile offen und sogar öffentlich darüber reden", fuhr Monika Dallemot fort:
„Wie gesagt, darüber reden hilft. Es tut gut. Bis vor einem viertel Jahr war das unmöglich. Da hatte ich kein bisschen Kraft mehr. Ich saß in Saarbrücken nur noch hinter meiner verschlossenen Wohnungstür, hab' monatelang gelitten. Am Ende dann, wie gesagt Medikamente, Psychotherapie... ich hab alles durchgemacht... Und mir immer wieder die Frage gestellt: Was habe ich

persönlich falsch gemacht? Und dann keine Antwort gefunden... Ich bin total abgestürzt... Ich habe mir selbst vorgeworfen, ich hätte versagt... ".

Knauper und Schütz hörten schweigend zu und schauten die Frau aufmerksam und gespannt an. Sie atmete erneut heftig durch, griff zu ihrer Tasse und trank wieder einen Schluck Tee.

„Der grandiose Medienladen in Saarbrücken hat mich am Schluss so fertiggemacht, dass ich in meiner Verzweiflung verstummt bin. Ich hatte einfach keine Worte mehr, kapselte mich ab, lebte in einem Kokon, war ein nur noch lebloser, kraftloser Fleischklumpen..."
Monika Dallemot sprach jetzt schnell und wiederholte einige Dinge öfter. Und immer wieder zog sie auffallend schwer Luft in ihre Lungen:
„Natürlich habe ich RTVS nicht freiwillig aufgegeben, aber ich wollte am Schluss einfach nur noch überleben... einfach nur noch überleben... "

Wieder legte die Frau eine Pause ein. Dann hellte sich urplötzlich ihr Gesicht auf und sie lachte schrill auf:
„Dem Schwallborn und seiner Garde hätte ich die Eier abreißen können... Pardon, meine Herren!...
Im Funkhaus hat er sich ständig als Alpha-Rüde geriert und jeden angepisst. Programmsitzungen waren ein Kasperletheater, bei dem er als 'verbales Rumpelstilz-

chen' im Kreis herumeierte... Und auf seiner Schleimspur folgten ihm Hofschranzen wie der Bresser oder der
Krone... Dieses 'Machtschattengewächs'..."

Erneut lachte Monika Dallemot auf und schaute ihren
Besucher dabei fest in die Augen. Dann wurde ihr Gesichtsausdruck wieder sehr ernst:
„Habe gehört, er ist tot? Naja, da ist er ja jetzt wieder
groß in den Schlagzeilen... Das wollte er ja immer, das
war ja immer sein eigentliches Ziel...
Ja, so kann es gehen... Für mich ist der rückblickend
eine Mischung aus bedauernswertem ‚Ich bin der Größte, der Geilste, der Originellste‘ und einfach nur lach-
haftem ‚Großkotz‘! "

Knauper und Schütz nickten kurz. „Der Mann war
wohl nicht gerade ihr Freund?", fragte Knauper dann
zaghaft nach.

„Der? Der war nur ein selbstverliebter, aber absolut un-
sicherer Narzisst. Sie hätten ihn mal sehen sollen, wenn
er wichtigtuerisch und aufgeregt durch die Medienzentrale gewuselt ist... Ein Rumpelstilzchen... ein autoero-
tischer Ankündigungsgroßmeister...
Er selbst hat nix auf die Beine gestellt... Keine Ideen,
keine neuen Produktionen... Nur Wiederholungen von
uralten amerikanischen Serien... Und jede Menge ne-
bensächliches Gelalle von Praktikantinnen, die er als

Reportage-Girlie vor Zookäfige und in die Küche von Ausflugslokalen gestellt hat...

Hinter vorgehaltener Hand war er für alle bis hinauf in die Vorstandsetage immer nur 'die Platzpatrone'... Nur heiße Luft.

Als besonderes Highlight hat der Schwallborn dann jeden Abend einen Kuckucksuhren- und Sammeltassenverkauf aus Gebrauchtwarenläden senden lassen..."

Erwin Schütz meldete sich zu Wort: „Sie meinen die 'Trödler-Adalbert-Show' um Viertel nach acht?"

Monika Dallemot brach erneut in lautes Lachen aus: „Ja, genau die! Und wenn wirklich mal einer aus dem Ruhrgebiet oder aus Mallorca angerufen hat, um irgendwas von dem Nippes in der Sendung zu kaufen, dann ist der Schwallborn am nächsten Tag herumgehopst und hat getönt: Wir werden über Satellit weltweit gesehen! Wir machen weltweites Programm!"

Kommissar Knauper schaute der Frau fest in die Augen. Sie hielt dem Blick stand und fuhr nach einer kurzen Pause fort: „Na ja... Das ist, wie gesagt, Geschichte... Ein Teil meiner Lebensgeschichte... Traurig ist nur, dass ich selbst jahrelang ein Rädchen in diesem Getriebe war und darüber nicht nachgedacht habe. Im Gegenteil: Ich habe mit Narkosesendungen zur Einschläferung der Kundschaft beigetragen."

Abermals legte die ehemalige 'Monique Musique' eine Pause ein. Knauper und Schütz nickten ihr zu und der Blick der beiden Besucher sollte der Frau wohl Verständnis signalisieren.

Monika Dallemot stand auf: „Also, jetzt schaue ich nur nach vorne... und dabei geht es mir so gut, wie schon lange nicht mehr! Wollen Sie nicht doch einen Tee oder ein Wasser?"

„Nein danke", schüttelte Knauper den Kopf, „wir müssen uns auch wieder auf den Weg machen..."

„Ja", bestätigte Erwin Schütz, „wir müssen wieder los... Aber darf ich Sie noch etwas fragen, auch wenn es... ja, wie soll ich sagen... auch wenn es etwas 'derb' klingt?"

Die ehemalige Moderatorin lächelte: „Nur zu!"

„Es geht das Gerücht, dass Dr. Schwallborn Sie aus der Unterhaltungshow rausgeschmissen hat mit dem Satz: 'Das Publikum will junge Knackärsche sehen'. Das kann doch nicht wahr sein?!"

„Da haben Sie recht: Das ist auch nicht wahr. Er hat nämlich noch ganz andere Worte benutzt! Und die waren gut dreißig Zentimeter höher angesiedelt...
Aber die Wortwahl, wie seine gesamte Vorgehensweise, also das 'Bossing'... das war eben sein RTVS-Niveau."

Knauper nickte, erhob sich von seinem Stuhl und zog dabei seinen Kollegen Erwin Schütz entschlossen am Jackenärmel mit nach oben.

Sie gingen zur Tür. Dort reichte Knauper Monika Dallemot die Hand:

„Auf Wiedersehen und alles Gute für Sie, Frau Dallemot! Wissen Sie, wir sind öfter geschäftlich in der Gegend um La Bresse und Gérardmer unterwegs. Wir wollten Sie eigentlich letzten Freitag schon kurz besuchen. Aber da haben wir Sie nicht angetroffen, um so schöner, dass Sie uns heute ein paar Minuten geschenkt haben!"

Die Frau überlegte nur ganz kurz: „Letzten Freitag? Da war dich doch mit dem Tierarzt hier bei meinen Geißen! Wann waren Sie denn an meiner Tür?"

Erwin Schütz lächelte und log wie aus der Dienstpistole geschossen: „Ja… das war so etwa um die Uhrzeit wie heute."

Die Frau schüttelte verneinend den Kopf: „Hm… Um17 Uhr kam der Tierarzt, um nach meinen Ziegen zu schauen, meinen Geißen… Und nach der Visite haben wir zusammen einen Baeckeoffe gegessen und eine Flasche Edelzwicker niedergemacht… Momentchen mal eben noch!"

Sie wandte sich um, ging zum Vertiko, das an der Rückwand der Küche stand und machte sich mit dem

Rücken zu den beiden Kommissaren dort zu schaffen. Freundlich lächelnd drehte sie sich nach kurzer Zeit wieder um und drückte jedem der beiden Männer ein in Papier eingeschlagenes, kleines rundes Päckchen in die Hand:

„So, Ihr Männer! Tomme de Chèvre! Empfehlen Sie mich weiter! À la prochaine et bonne route!"

Die Rückfahrt der Kommissare nach Saarbrücken verlief bis zur Saverner Steige schweigend. Sie waren gedanklich noch bei Monika Dallemot, die bis vor einem halben Jahr noch regelmäßig einmal pro Woche und zur besten Sendezeit 'Monique Musique' bei RTVS präsentiert hatte und sich jetzt um eine Ziegenherde, um ihre Geißen, kümmerte...

Irgendwann zwischen Saverne und Phalsbourg brummelte Knauper: „Den Tierarzt kann der Bender morgen von den Franzosen überprüfen lassen, ganz offiziell über unsere Rechtshilfestelle."

„Hm...", antwortete Erwin Schütz leise und er klang bedrückt: „Weißt Du eigentlich, Konni, dass wir mehr als 60% unserer Lebenszeit am Arbeitsplatz verbringen?"

Knauper schaute über das Lenkrad auf die Straße und nickte stumm.

„Ist 'Personalführen' eigentlich ein Ausbildungsberuf, Konni? Du weißt doch auch, dass die Politik von außen in den Funkhäusern mitsteuert. Und dann werden eben 'Parteisoldaten' zu Chefs gemacht, oder Günstlinge und Kriecher wie dieser Bresser. Der hätte jetzt das Lügen, Tricksen und Mobben von Schwallborn bei RTVS fortgeführt. Nun ist er auch 'weg vom Fenster' und der nächste Kandidat steigt auf... dieser Krone... Weißt Du, Konni: Das schlimmste Unglück der Welt ist das Unglück, das von Möchtegern-Größen wie diesen RTVS-Typen angerichtet wird... Diese Monika Dallemot kann einem schon leid tun!"

Knauper schwieg, schaute stur auf das graue Asphaltband vor der Windschutzscheibe des Wagens, kratzte sich am unrasierten Kinn, und trat das Gaspedal durch.

Café de la Gare

Das Café de la Gare in Grosbliederstroff war gut gefüllt, wie immer. An einem kleinen Tisch rechts neben der Eingangstür waren gerade noch Plätze frei und die Kommissare setzten sich.

Knauper ließ den Blick schweifen und blieb wieder einmal an dem mächtigen Lothringer Barock-Schrank aus dem Jahr 1784 hängen, der als Prachtstück den Innenraum dominierte. Der hochrechteckige Korpus aus Nussbaumholz stand auf zu Schnecken geschnitzten Füßen und auch die Füllungen des Möbels und das auskragende Kranzgesims waren kunstvoll beschnitzt.

Rechts und links neben dem Schrank hatte die Wirtin Kunstdrucke von Gemälden des lothringischen Malers Claude Deruet an die Wand gehängt. Eines zeigte den Hochzeitszug Ludwig des XIV, das andere die Marie de Rohan-Montbazon, Herzogin von Chevreuse als Jagdgöttin Diana.

In den Fensternischen standen Lampen mit grünen Fransen-Schirmchen, auf den Tischen kleine, handbemalte Glasblumenvasen und über der Theke baumelten kupferne Pfannen und Töpfe. Eine alte Nähmaschine an der linken Wand war Ablage für Besteckkästen, und ein steinernes Sauerkrautfass diente direkt neben der Eingangstür unter den Garderobenhaken als Schirmständer.

Es gab sicher viele Leute, die das Interieur des Lokals als völlig überfrachtet empfunden hätten. Knauper erinnerte es immer auch ein wenig an den *Marché aux Puces* von Metz, aber er liebte es.

Geraldine, die Inhaberin des Lokals, kam auf die beiden Kommissare zugeschritten:
„E scheener bonsoir! Hanna de Weech emoo wieder zu uns gefunn?". Sie lächelte.
Konrad Knauper und Erwin Schütz gönnten sich ab und zu eine Mittagspause im Café de la Gare, knappe fünfzehn Kilometer außerhalb von Saarbrücken, und waren der Wirtin daher gut bekannt. „Oui, Madame Geraldine! Es war 'mal wieder Zeit..."
Die Wirtin lachte: „Allez, dann wolle ihr zwei Buuwe sicher die Grenouilles?"
Die Kommissare nickten und Erwin Schütz fügte hinzu: „Unn e Flûte Gewürztraminer. Die Schenkelchen vertragen einen kräftigen Weißen."
Mit einem fröhlichen „Kommt toute de suite, ihr Buuwe" wandte sich Geraldine um, um die Bestellung an Theke und Küche weiterzugeben.

Vergnügt rieb Konrad Knauper die Hände aneinander und schloss für einen Moment die Augen. In wenigen Minuten würde ihnen die heiße und fetttriefende Köstlichkeit aufgetischt werden. Kross gebraten mit fein geschnittenen Chalottenstreifen, Petersilie und ande-

ren aromatischen Kräutern, hauchdünnen Knoblauch-
scheibchen und...

„Politisch korrekt ist dieses Essen ja nicht, Erwin." Es
platze einfach so aus Knauper heraus.

„Ja, aber jetzt fang bitte nicht damit an! Wir haben die
Welt doch nicht gemacht, Konni! Und wir erlauben uns
das ja auch nur zwei-, dreimal im Jahr..."

Knauper atmete tief durch und gähnte.

„Das war für dich heute ein langer Tag.", signalisierte Erwin Schütz freundschaftliches Verständnis: „Du
hängst Dich aber auch immer in die Fälle rein... Denk
doch auch 'mal daran, dass wir zwei nicht mehr mit
Schülermonatskarten unterwegs sind. Bei RTVS würden wir schon mit auf der Abschussliste stehen."

Geraldines Tochter, eine bildhübsche junge Frau Mitte
zwanzig kam mit einem Weinkühler und dem weißen
Elsässer. Sie goss ein, ließ Erwin Schütz kosten, und als
dieser zufrieden nickte, goss sie lächelnd die Gläser voll.

„Ja, Du hast recht, Erwin! Manchmal vergesse ich über
die Arbeit das Drumherum. So gesehen kann ich den
Sauer und die Monique auch gut verstehen. Die sind
auch in ihrem Job voll aufgegangen und waren sicher
manchmal sogar regelrecht stolz darauf, ein wichtiger

Teil von RTVS zu sein. Schließlich strebt jeder Mensch nach Anerkennung."

„So weit, so gut. Aber auch zu einem noch so geliebten Traumjob muss man Abstand halten. Du bemerkst doch sonst gar nicht mehr den Automatismus, in den du gerätst. Wenn du immer und ständig in deiner Arbeit zu Hause bist, dann nimmst du irgendwann die wirklich wichtigen Dinge im Leben nicht mehr wahr. Schau Dir mal unsere jungen Kollegen an: Viele von denen laufen geradezu in diese Arbeitsfalle hinein und lassen sich unbewusst davon fernsteuern."

Knauper nahm einen kräftigen Schluck Wein und nickte: „Vielleicht gehört einfach ein Stück Erfahrung dazu, damit sich mehr Gelassenheit einstellt. Erinnere dich mal daran, wie wir als junge Polizisten waren: Das Aufrücken in eine höhere Besoldungsgruppe haben wir doch auch als Bestätigung dafür empfunden, wie wichtig wir für die Dienststelle sind."

„À propos 'Gehaltsgruppe'. Konni, erinnerst du dich an die Liste, die der Herlein uns übergeben hat? Da waren einige Familiennamen in Großbuchstaben gedruckt. Ist Dir das aufgefallen?"

„Ja, das sind die 'Vierzehnerstellen'..."

„Eben! Die, die den höchsten Lohn bekommen. Aus der Sicht von RTVS sind das die Stellen, die den Medienladen das meiste Geld kosten!
Eine von diesen Planstellen freigeräumt, dann können sie von der Einsparung zwei, drei von den jüngeren Befristeten bezahlen. Wenn das keine Effizienzsteigerung ist?! Und diese jungen 'Freelancer' sind, wie der Name schon sagt, so frei, dass keine Sozialkosten anfallen, kein Kündigungsschutz und so."

„Außerdem sparen sie mit denen Heizkosten...", knirschte Knauper höhnisch und goss von dem Gewürztraminer in beide Gläser nach.

„Wie meinst du das, Konni?"

„Na, die wollen ihre Verträge doch alle zwei oder vier Jahre verlängert bekommen. Wenn die jungen Mitarbeiter zu einem Cheftermin gebeten werden, dann müssen die Zimmertüren nicht mehr geöffnet werden: Die passen da alle unten durch den Türschlitz. Prost!"

Die Kommissare tranken und schmeckten schmatzend und schnalzend dem würzigen Tropfen aus Obernai nach.

„Ja, Konni... Ich finde es schon bezeichnend, wenn ein Vorstand für 'Human Resources' zuständig ist. Wenn du das wörtlich übersetzt, verwaltet der Herlein 'menschliche Rohstoffe'."

„Sachlich korrekte, emotionslose Sprache…"

„In der Praxis heißt das aber: Die Alten sind bei diesem Sender über die Jahre gemolken worden, wie eine Hochleistungskuh. Jetzt sind sie zu teuer… Und das war es dann. Jeder einzelne auf der Liste ist so ein 'Fixkosten-Fall'. Konni, für mich ist das jetzt endgültig klar: Die haben bei RTVS systematisch Karrieren ausgebremst und Leute krank und kaputt gemacht, um neue und billigere menschliche 'Ressourcen' einzusetzen und damit Geld zu sparen! Jeder einzelne von denen auf der Liste kann ein Motiv haben. Da haben wir noch einiges an Arbeit vor uns…"

„Es ist, wie es ist. Und du hast recht: Wir haben die Welt nicht gemacht… Schau, da kommen unsere Froschschenkel! Mahlzeit!"

„Bon appetit!", antwortete Erwin Schütz lachend und bedeutete Madame Geraldine winkend, sie möge ihnen doch bitte noch ein Fläschchen von dem Weißen bringen.

Knoblauch

Konni Knauper betrat um Viertel vor sieben die Küche, strahlte seine Claudia an: „Guten Morgen, Liebste!" Er umfasste ihre Taille und zog sie an sich, um ihr einen 'Hallo-Neuer-Tag-Kuss' zu geben.
Claudia wich ruckartig von ihrem Mann zurück: „Booh... Knoblauch! Hast du deshalb wieder im Gästezimmer übernachtet, Konni?"

„Wenn du so willst, mein Schatz. Das nennt man Rücksichtnahme!", lachte Knauper verschmitzt und öffnete die Schublade neben dem Herd, um daraus Kaffeelöffel zu entnehmen.

Claudia drückte sich hinter ihm vorbei ins Esszimmer und deckte dort weiter den Frühstückstisch ein:
„Na, deine Kollegen im Büro werden sich heute aber freuen... Oder haben die das Gleiche gegessen, wie du? Was gab es denn?"

Knauper zögerte mit der Antwort. Er überlegte kurz:
„Hm... In der Kantine... Also, in unserer Kantine gab es gestern Limousin-Lamm."

Mit seiner Antwort höchst zufrieden, es war ja die Wahrheit und nichts als die Wahrheit, stapelte Knauper vier Kaffeeteller und -tassen und balancierte den Porzellanturm zu seiner Frau ins Esszimmer. Claudia ging ihm einen Schritt entgegen und nahm ihm schnell die obersten Tassen des Geschirrstapels ab: „Gib her! Du taugst nicht für den Chinesischen Staatszirkus! Klar, ans Lamm gehört Knoblauch dran... aber, das war dann doch wohl wirklich eine ordentliche Portion?"

Knauper nickte und antwortete seiner Frau verschmitzt: „In unserer Polizeikantine gibt es immer 'ordentliche' Portionen."
Er lächelte still, denn auch mit diesem Satz hatte er immerhin keine Unwahrheit gesagt und schmeckte gedanklich der Portion Grenouilles im Café de la Gare nach.

Tochter Jenny kam polternd die Treppe heruntergestümt: „Hallo, Papa, kannst du uns zur Schule fahren? Wir haben Sport und ich muss viel schleppen. Übrigens: Du stinkst nach Knoblauch!"

„Au, ja! Wir haben heute ein Taxi!", piepste die Stimme von Max der, munter wie immer, durch die Küche ins Esszimmer gehüpft kam, dort aber überrascht innehielt und dann ganz schüchtern fragte: „Gibt es heute Knoblauch-Essen zum Frühstück?"
„Nein", prustete Claudia los: „Keine Angst, Maxi! Du bekommst wie immer dein Müsli und deine Marmelade. Der Knoblauch kommt vom Papa..."

Knauper schaute mürrisch auf seine Armbanduhr: „Hopp! Jetzt wird erst einmal ordentlich gefrühstückt! Wir sind gut in der Zeit und müssen nicht hetzen. Ihr erreicht den Schulbus nachher also ohne Mühe. Von wegen 'Taxi'..."

„Sag mal, Konni: Riechst du das nicht auch?", fragte Claudia ihren Mann zögerlich, als sie sich mit den Kindern an den gemeinsamen Frühstückstisch setzten: „Das ist nicht nur Knoblauch hier... Noch irgendwas riecht heute morgen ziemlich 'streng'?"

„Ach so... Das ist ein spezielles Geschenk für dich zum Frühstück! Pack mal aus!", strahlte Knauper beifallheischend und Knoblauchduft ausstrahlend in die Frühstücksrunde.
Max schaute Jenny mit verständnislosem Blick an. So, als ob er sagen wollte: 'Die Erwachsenen spinnen total! Stinken selbst nach Knoblauch und schenken sich dann noch anderes stinkendes Zeug zum Frühstück.'

Jenny reagierte, wie meistens: „Max, du nervst!"

Konrad Knauper deutete auf das kleine in Papier gewickelte, runde Päckchen, das er am Kopfende des Frühstückstischs abgelegt hatte: „Geißenkäse! 100% Bio! Den habe ich gestern noch für dich besorgt, meine Liebste!"

Als Knauper sein Büro im Landespolizeipräsidium betrat, standen Urs Bender und Kommissaranwärter Hendrik Leismann vor einem Tablet-PC und diskutierten angeregt.

„Morje!", begrüßte Knauper die beiden fröhlich, „na, was ist denn hier schon los?"

„Guten Morgen", erwiderte Leismann den Gruß höflich und brav, während Urs Bender Kommissar Knauper irritiert anschaute und mit zusammengekniffenen Augen und gerümpfter Nase mehrmals Luft durch sein Riechorgan einsog: „Gestern Nachmittag kam endlich das Tablet aus Schwallborns Privatwohnung von der KTU. Ich habe ein paar Mal versucht, Sie zu erreichen, habe Sie aber auf dem Handy nicht erwischt?"

Bevor Knauper darauf antworten konnte, betrat Erwin Schütz bestens gelaunt das Büro: „Guten Morgen zusammen! Ein wunderschöner Morgen dieser Morgen heute Morgen..."

„Ich glaube, die hatten gestern in der Kantine doch ziemlich viel Knoblauch am Lamm... ehm, guten Morgen Kollege!", antwortete Urs Bender und sog wieder unüberhörbar zwei, drei kurze Luftstöße durch die Nase ein.

„Heute ist laut Speiseplan übrigens Roulade vom Seeteufel mit Avocado-Pulposalat und Zitrusfrüchtevinaigrette angekündigt", übernahm Kommissaranwärter Leismann den Gesprächsfaden, wurde aber barsch von Kommissar Knauper unterbrochen, der ihn anknurrte: „Heut ist ja auch Freitag, Leismann... Da steht bei uns immer Fisch auf der Kantinenkarte! Das müssten Sie als bescheiden lebender Katholik aus dem Bistum Trier doch wissen, oder sind Sie der Bischof von Limburg?"

„Was haben wir denn da?", fragte Erwin Schütz und deutete auf den Tablet-PC.

„Ja," räusperte sich Urs Bender, „das wollte ich gerade sagen: Es ist das Ding aus Schwallborns Wohnung am Staden. Die Kollegen haben gestern Nachmittag über dreihundert Fotos von jungen Männern auf der Festplatte gefunden und untersuchen heute Morgen auch noch den Cache vom Browser."

„Fotos? Was für Fotos?", unterbrach ihn Knauper überrascht.
„Nackige Bilder... Und der Hammer ist, es sind auch zwei Mitarbeiter von RTVS dabei!"

„Das Radlerduo!", ergänzte Leismann eilfertig. „Und die Aufnahmen von den Überwachungskameras, die ich gestern auftragsgemäß im Sender besorgt habe, geben auch was her! Ich hab' sie drüben im Vorführraum für uns vorbereitet."

Kommissar Knauper klatschte erwartungsfroh in die Hände: „Also, worauf warten wir? Auf, auf! Fangen wir mit den Aufzeichnungen der Überwachungskameras an! Danach kümmern wir uns um die Nacktfotos."

Die Kommissare folgten Kommissarwärter Leismann, der im Vorführraum eine CD in das Abspielgerät einlegte und die Projektion mit dem Beamer startete: „Schauen Sie: Um 2 Uhr 27 fährt ein Motorrad in die Tiefgarage von RTVS ein. Das Nummernschild des Kraftrades ist mit einer Einkaufstüte verdeckt... Der Fahrer fährt mit dem Aufzug in die 11. Etage.... Moment, ich muss jetzt die CD wechseln..."

Leismann machte sich kurz an der Apparatur zu schaffen und setzte dann die Wiedergabe fort: „Hier - um 2:33 Uhr betritt der unbekannte Motorradmann in voller Montur den Flur der 11. Etage und geht zum Büro-Schwallborn..., das er um 2:39 Uhr wieder verlässt. Leider hat die Person immer noch ihren Motorradhelm auf und das Gesicht ist dadurch nicht zu erkennen... Jetzt wieder zurück zur CD mit den Aufnahmen aus der Tiefgarage..."

Leismann wechselte erneut den Silberling im Abspielgerät und fuhr zügig fort: „So! 2:42 Uhr. Die unbekannte Person fährt mit ihrem Kraftrad aus der RTVS-Garage... und verschwindet..."

„Da haben wir jetzt wohl den Bresser-Mörder gesehen...", brummte Kommissar Knauper nachdenklich: „Geben Sie das Material sofort zur Kriminaltechnik, Leismann! Die sollen sehen, ob sie da noch mehr herausfiltern oder vergrößern können... Und in der Zeit kümmern wir uns jetzt im Funkhaus um die FKK-Freunde, die offensichtlich mit dem Dr. Schwallborn 'nackige Fotos' gemacht haben!"

Radler-Duo

Fünfunddreißig Minuten später eskortierten die Kommissare Knauper, Schütz und Bender in der Saarbrücker Innenstadt die Herren Schild und Krone aus dem Hochhaus des Senders und brachten sie zu einer eingehenden Befragung ins Landespolizeipräsidium.

In seinem Büro knöpfte sich Kommissar Knauper gemeinsam mit Urs Bender den RTVS-Mitarbeiter Engelbert Krone vor. Erwin Schütz und Kommissaranwärter Leismann widmeten im Büro nebenan ihre Aufmerksamkeit dem zweiten Mann, Wolfgang Schild.

Knauper begann die Befragung Krones und wollte zunächst wissen, wie es zu den Nacktfotos auf dem Schwallborn-Computer gekommen war. Der 'Head of Entertainment' lächelte herablassend:

„Na, wir haben halt noch Spaß am Leben, Herr Kommissar. Die Pics hat Dr. Schwallborn nach einem Training im Duschraum des *Muscels* gemacht. Er hat uns aufgefordert 'jetzt mal posen, wie die Bodybuilder' und wir haben den kleinen Scherz mitgemacht."

„Sie sind aber doch verheiratet?", fragte Knauper ungerührt.

Krone lachte auf: „Ja! Und ich bin kein bisschen schwul, falls Sie das meinen..."

„Ich meine überhaupt nix!", schnauzte Knauper ihn an, „ich stelle nur Fragen! Also: Sie sagen 'ich bin nicht schwul' machen aber Nacktfotos für Dr. Schwallborn? Wissen Sie etwas über dessen sexuelle Orientierung?"

Krone grinste den Kommissar an: „Nix Genaues weiß man nicht, Herr Kommissar!"

Jetzt explodierte Knauper regelrecht: „Lassen Sie Ihr widerliches, hochnäsiges Grinsen! Herr Krone, Sie haben anscheinend nicht begriffen, um was es hier geht?
Sie werden von mir befragt, weil Sie unter Mordverdacht stehen! Haben Sie das verstanden?! Dr. Gerd Schwallborn und Lars Bresser sind umgebracht worden und Sie sollen dem Vernehmen nach in eine freigewordene Position nachrücken. Sie haben also, weiß Gott, ein Motiv! - Also?"

Engelbert Krone war das Grinsen jetzt vergangen und auf seiner Stirn zeichneten sich Falten ab. Er schien angestrengt nachzudenken: „Ehm... nunja... es gab Gerüchte..."

„Gerüchte? Geht das auch ein bisschen deutlicher?", plärrte Knauper den obersten RTVS-Juxbaron an.

„Herr Dr. Schwallborn hat per Rundmail allen Mitarbeiterinnen und Mitarbeitern im Medienhaus die Geburt seiner Tochter verkünden lassen. Allerdings hat er sich nie mit seiner Frau und dem Kind in unserer Medienzentrale sehen lassen", gab Krone nun zu Protokoll.

Knauper blätterte in seinen Aktennotizen und überflog dabei noch einmal den Eintrag, wonach der hier vor ihm sitzende Krone in Kollegenkreisen auch 'Windbeutel' und 'Machtschattengewächs' genannt wurde, weil er in seiner offensichtlichen Karrieregeilheit alles tat, um seinen Oberen gefällig zu sein. Knauper überlegte kurz und stellte dann die nächste Frage:
„Herr Krone... nur mal angenommen der Herr Dr. Schwallborn hätte eine homosexuelle Veranlagung gehabt. Was dann?"

Engelbert Krone zögerte keine Sekunde mit der Antwort: „Wenn er mich dazu aufgefordert hätte, dann hätte ich 'es' mit ihm gemacht. Jeder muss für sich sehen, wo er bleibt und wie er voran kommt."

Kommissar Knauper schluckte und spürte eine Mischung aus ohnmächtiger Wut und Ekel in sich aufsteigen. Nach dieser Antwort hatte er für 's Erste genug gehört. Er ließ Krone in die Arrestzelle verbringen und ging zu seinen Kollegen im Nebenbüro, die soeben auch die Befragung des Wolfgang Schild beendet hatten und dabei ähnliche Sätze wie Knauper gehört- und zu verdauen gehabt hatten.

„Die zwei Radfahrer bleiben in den nächsten Stunden erst einmal in den Arrestzellen! Kollegen, erspart euch bitte jedes 'Wenn und Aber'!", verkündete Knauper resolut, aber mit ganz leiser, sehr bedrohlicher Stimme. Und ohne eine weitere Reaktion oder Antwort seiner Kollegen abzuwarten drehte er sich auf dem Absatz um, knallte die Bürotür hinter sich zu und brüllte fuchsteufelswild seine Bürowand an: „Ich muss hier gleich kotzen! Donnerwetternochemoo!"

Pünktlich um 12 Uhr mittags saßen die vier Kriminalisten der Mordkommission 'Funkhaus' an einem Tisch in der Polizeikantine. Aber heute stocherte die Mannschaft ziemlich lustlos auf ihren Tellern mit dem Tagesgericht herum. Schließlich war es wieder einmal Erwin Schütz, der das Thema des Vormittags als erster zögernd ansprach und dann schnell auf den Punkt brachte:

„Die Nacktbilder von den zwei karrieregeilen Vögeln... Konni, die reichen nicht aus... Den Weg zum Staatsanwalt und zum Haftrichter können wir uns sparen..."

Knauper lief rot an, aber er blieb still. Er wusste selbst nur zu gut, dass die Fotos alleine nichts hergaben. Sie waren vielleicht ein Beleg für die zweifelhaften Charaktereigenschaften der beiden RTVS-Leute, aber kein Haftgrund. Und mit Fluchtgefahr oder Verdunkelungsgefahr brauchte er dem Staatsanwalt sicher auch nicht zu kommen. Es reichte alles nicht für eine längere Inhaftnahme.

Eigentlich hatte er in seiner Wut die Festnahme auch nur angeordnet, weil er die zwei Karrieristen wirklich 'gefressen' hatte und einmal ordentlich unter Druck setzen wollte. Dass er insgeheim ein Fünkchen Hoffnung hatte, über diese Maßnahme vielleicht doch noch Hinweise zu erhalten, die für die Aufklärung der beiden Mordfälle nützlich sein könnten, behielt er für sich.

„Konni, da beißt die Maus keinen Faden ab", nahm Erwin Schütz das Gespräch wieder auf: „Die zwei Ekelgestalten waren am Freitag in dem Fitnessclub und sind da erst raus, als das Auto mit Schwallborn schon in Flammen stand. Sie können also nichts mit dem nächtlichen Feuerwerk zu tun haben. Die zwei haben für letzten Freitag einwandfreie Alibis!"

Knauper antwortete trotzig: „Das ist mir egal! Wenn irgendein Winkeladvokat von RTVS sich bei Kriminaloberrat Brockar erkundigt, dann sagen wir, dass wir die Alibis der beiden Herren für letzten Freitag noch einmal überprüfen... Wir wollen schließlich ja auch alle entlastenden Fakten für diese Herren zusammentragen. Wir haben doch auch eine Sorgfaltspflicht!"

Bei diesen Worten huschte ein Grinsen über Knaupers Gesicht: „ So eine genaue Überprüfung dauert halt ein paar Stündchen... Kollegen, 'außerhalb des Protokolls' denke ich, dass die zwei harten Kerle es wirklich verdient haben, auch einmal ein paar Stunden bei uns zu sitzen."

Knauper schaute der Reihe nach in die Gesichter seiner Kollegen: „Und vielleicht führe ich sie doch auch noch dem Haftrichter vor. Ich überlege noch... Wenn es um den Mord an Bresser geht, dann profitiert der Krone davon. Und der wird seinen Bruder im Geiste mit nach oben ziehen... diesen Schild... Und ihre Alibis für gestern Nacht haben wir ja noch nicht überprüft, oder?"

Erwin Schütz lächelte: „Wenn der neben seiner Frau auf der Matratze lag, dann hat er im Nullkommanix auch für gestern Nacht ein Alibi... Aber gut! Ich glaube, wir haben dich verstanden, Konni!"

Urs Bender schob sich lustlos mit dem Fischmesser einen kleinen Bissen des Avocado-Tintenfischsalates auf die Gabel: „Mir gehen trotzdem noch die Nacktfotos durch den Kopf. Für mich ist das eine Homo-Nummer! Kollegen... Ich habe ja das *Jeunesse* am St. Johanner Markt beleuchtet. Es scheint ein Treffpunkt von Leuten zu sein, die auf knackige Jungs stehen. Und außerdem, das bestätigen die Kollegen vom Drogendezernat übrigens ausdrücklich, außerdem ist das *Jeunesse* ein Hotspot für Leute, die sich gerne mal die Nase pudern..."

„Mensch, Bender, sollen wir jetzt auch noch die Saarbrücker Schwulenszene aufmischen? Und die Drogenszene gleich dazu? Nebenbei haben wir immer noch 128 Namen auf der Personalliste von RTVS... Donnerwetternochemoo!", polterte Knauper los, dem bei diesen Ermittlungsaussichten endgültig der Appetit vergangen war: „Menschenskinder! Kollegen, der Schwallborn-Mord liegt heute eine Woche zurück und wir kommen überhaupt nicht richtig weiter voran... Die Presse fragt jeden Tag nach dem Stand der Ermittlungen... Den toten Bresser haben wir auch noch am Hals... Mann, Mann... Das ist doch hier alles Kokolores!"

„Immerhin haben wir Leismanns Auswertung von den Fahrstuhlvideos mit diesem Motorradfahrer", versuchte Erwin Schütz seinen Freund und Kollegen wieder zu beruhigen: „Warte mal ab, Konni: Vielleicht finden unsere EDV-Leute ja noch etwas..."

Leismann schaltete sich ein: „Ich kümmere mich 'mal um das Motorrad und versuche, den Fahrzeugtyp festzustellen."

„Mit den vergrößerten Bildern von dem Motorradfahrer rufen wir dann den ADAC an, oder was?", schüttelte Knauper den Kopf: „Der Kerl war total vermummt, sein Nummernschild verdeckt, nichts zu erkennen... Scheibenkleister!"

Die Runde schwieg. Jeder der Vier dachte darüber nach, was sinnvollerweise jetzt als Nächstes getan werden könnte. Erwin Schütz wandte sich Kommissar Knauper zu: „Konni, komm wir fahren nochmal zu dem Parkplatz beim *Muscels*-Club. Wir lassen uns dort die Auffindesituation nochmal durch den Kopf gehen. Irgendwie werden wir doch vorankommen..."

Knauper verzog das Gesicht: „Und die zwei Karrierespezialisten in der Arrestzelle... Ich will die nicht mehr sehen... Kollege Bender übernimmt das bitte: Sie können gehen... Sie sollen sich aber weiter zur Verfügung halten..."

Mit einem kurzen, aufmunternden „Allez hopp!" schob Erwin Schütz seinen Teller in Richtung Tischmitte, stand auf, nickte Bender und Leismann zu und zog Konrad Knauper um Viertel nach zwölf aus der Polizeikantine.

Gedankenblitze

Die zwei Kommissare stellten in der Saarbrücker Vorstadt ihren Dienstwagen exakt an der Stelle des Parkplatzes ab, an der auf dem Asphalt die mittlerweile eine Woche alten Brandspuren von Dr. Schwallborns CLS Coupé noch deutlich zu erkennen waren. Knauper und Schütz stiegen aus, gingen einmal um ihren Wagen herum und ließen dabei ihre Blicke langsam über das Gelände schweifen, ohne dabei allerdings irgendeinen neuen Hinweis auf die Vorgänge in der Tatnacht zu entdecken. Achselzuckend lehnte sich Kommissar Knauper an den Kofferraum ihres Fahrzeugs:

„Das bringt alles nix, Erwin... Da können wir hier noch stundenlang rumgucken... Da links in dem *Muscels*-Club war ich zusammen mit Leismann... Der Inhaber hat uns zwar viel erzählt, aber letztendlich hat uns das auch nicht weitergeholfen... Die haben in dem Sportstudio erst etwas mitbekommen, als Schwallborns Karre längst in Flammen stand und die Feuerwehr anrückte...".

„Und da drüben? Da vor uns auf der anderen Straßenseite?", fragte Erwin Schütz zögerlich.

„Der Baumarkt? Nein, Erwin... Der Bender hat schon nachgefragt... Die arbeiten um die Uhrzeit nicht mehr.

Punkt acht schließen die, und spätestens um neun ist da niemand mehr. Also, was sollen wir da..."

Schütz gab Knauper einen Rippenstoß: „Komm, wir gehen trotzdem noch einmal da rüber!"

Widerwillig stieß sich Konrad Knauper mit den Händen vom Kofferraum des Dienstwagens ab und trottete seinem Kollegen lustlos hinterher. Als sie auf der anderen Straßenseite die Schaufensterfront des Baumarktes abschritten, deutete Erwin Schütz in die obere rechte Ecke der Glasfenster: „Kameras!"

„Ja, Erwin... Einbruchschutzmaßnahme... Die Dinger filmen die Auslagen im Fenster... die bilden noch nicht einmal den kompletten Bürgersteig hier richtig ab, geschweige denn etwas von dem Parkplatz drüben..."

Erwin Schütz gab nicht auf und redete auf Knauper ein. Es brauchte eine ganze Weile, bis er ihn überzeugen konnte, dem Geschäft trotz der sicher geringen Erfolgsaussichten einen Besuch abzustatten.

Die Kommissare betraten den Markt und begaben sich zur Information, stellten sich vor und zeigten ihre Dienstausweise.

Die flotte Verkaufsmitarbeiterin griff sich das Mikrofon der Durchsageanlage und hauchte hinein:

„ 33 für 66 – Achtung bitte, ich wiederhole: 33 für 66!"

Es dauerte nur wenige Augenblicke, bis daraufhin zwei muskulöse junge Männer aufgeregt auf den Informationsschalter zu stürmten.

„Nä... keine Panik! Die hann nix geklaut!", rief die Informationsdame den Männern entgegen, die daraufhin ihren Schritt verlangsamten und trotzdem kräftig schnaufend schließlich vor Knauper und Schütz stehenblieben. Die Kommissare zeigten erneut ihre Dienstausweise und Erwin Schütz erläuterte, dass sie Interesse an den Überwachungskameras des Schaufensters hätten. Die beiden Security-Mitarbeiter erklärten, die Kameras zeichneten eigentlich nur die Schaufensterauslagen auf, falls einmal die Scheibe eingeschlagen würde. Vom Bürgersteig seien nur knappe zehn Zentimeter zu sehen. Die Bestimmungen des Datenschutzgesetzes würden also voll eingehalten.

„Meine Herren, der Datenschutz interessiert uns hier und heute nicht!", erläuterte Erwin Schütz freundlich und fragte noch einmal nach: „Die Schaufensterkameras zeichnen aber auf, oder?"

„Ja... wir speichern im mp3-Format... acht Tage lang, danach wird die Festplatte überschrieben", gab einer der Männer bereitwillig Auskunft.

Als Kommissar Schütz den Wunsch äußerte, zwei Stunden der Aufzeichnung vom letzten Freitag anzuschauen, quittierten die beiden Security-Männer ihr Unverständnis zwar mit einem deutlichen Kopfschütteln, führten die Kommissare aber trotzdem in die Sicherheitszentrale des Baumarktes. Ein paar Minuten später surrte eine DVD im Abspielgerät und auf einem Monitor konnte 'Schaufenster-Standbild-Fernsehen', wie Knauper die Aktion mürrisch grummelnd nannte, betrachtet werden. Nach zehn Minuten war Knaupers Geduld erschöpft: „Komm, Erwin... das bringt doch nichts! Es reicht! Wir gehen!"

„Wenn wir schon hier sind...", knurrte Erwin Schütz stur zurück und betätigte die Taste für schnellen Bildlauf: „Ab jetzt vierfaches Tempo!"

Weitere Minuten vergingen, ohne dass sich auf dem Monitor irgendeine Abwechslung im Bild zeigte.

Aber dann änderte sich doch etwas im 'Schaufenster-Standbild-Fernsehen'. Knauper zuckte kurz auf: „Stopp! Zurück! Erwin, zurück!... Jetzt lass' das 'mal wieder mit normaler Geschwindigkeit laufen... Da! Stopp!"

Knauper deutete auf den Bildschirm, der zwar nach wie vor die Auslagen des Baumarktes zeigte, aber in der Schaufenstscheibe spiegelte sich ein heller, tanzender Fleck.

Bereits um 14:45 Uhr hatten die Techniker im Landespolizeipräsidium die Festplatten mit den Aufzeichnungen des Baumarktes ausgewertet, und das Ergebnis wurde vor der versammelten Mordkommission im Vorführraum auf die Leinwand projiziert.

Tatsächlich spiegelte das von der Kamera abgefilmte Schaufensterglas schwach etwas, das auf der dem Baumarkt gegenüberliegenden Straßenseite geschah. Die Konturen waren zwar absolut unscharf, immerhin konnte man aber tatsächlich deutlich verfolgen, wie eine Flamme aufzuckte und dann sehr bald ein helles Feuer loderte.

Für wenige Sekunden war dabei schemenhaft sogar eine weiße Gestalt zu erkennen gewesen. Der Beamte der KTU schaltete die Projektion auf 'Standbild' und vergrößerte den Bildausschnitt:

„Hier sehen Sie, was der Kollege Knauper dank seines Spürsinns und seiner kriminalistischen Beharrlichkeit entdeckt hat!"

Urs Bender und Kommissaranwärter Leismann setzen zum Beifallklatschen an. Konrad Knauper schüttelte energisch den Kopf, machte mit beiden Händen eine abwehrende Geste und schaute unter sich.

Erwin Schütz, der neben Knauper saß, klopfte seinem Freund und Kollegen aufmunternd auf die Schulter und grinste ihn dabei fröhlich an: „Ehre, wem Ehre gebührt, Konni!"

„Sehen Sie, Kollegen!", fuhr der Fachmann der KTU fort: „Dieser weiße Umriss, dieser schemenhafte Fleck... das ist eine menschliche Gestalt. Schauen Sie genau hin: Hier bewegt sich jemand in einem weißen Ganzkörperschutzanzug... sieht aus wie diese Polypropylendinger, die es überall für 3 Euro zu kaufen gibt..."

Der Techniker schaltete die Wiedergabe erneut auf 'Standbild'. Er rieb sich die Handflächen aneinander, wie jemand, der sich auf etwas ganz Besonderes freut und seine Vorfreude mit dieser Geste unterstreichen will. Dann klatschte er, um die Aufmerksamkeit für seinen Vortrag noch einmal zu erhöhen, kurz in die Hände: „Kollegen, aufgepasst! Jetzt kommt der Clou bei dieser Nummer hier: Ich habe anhand eines Vergleiches von Höhe des Fahrzeugs zu Höhe dieses hellen Personenschattens ein bisschen gerechnet. Die Gestalt in dem Polypropylenanzug muss danach eine Körpergröße um die 190 cm aufweisen. Ich denke, das kann Ihnen ein Stück weiter helfen?"

„Die Geißen-Moderatorin ist damit auch endgültig aus der Liste der Verdächtigen raus", flüsterte Erwin Schütz in Richtung Knauper: „Die 'Monique Musique' ist ganz sicher keinen Meter neunzig groß."

„Aber der Motorradfahrer!", warf Kommissaranwärter Leismann aufgeregt ein: „Ich meine den Mann aus der

Tiefgarage. Der Typ, der den Bresser im RTVS-Medienhaus erschlagen hat... der war auch ziemlich hochgewachsen!"

Der KTU-Experte nickte anerkennend in Richtung des Kommissaranwärters und wechselte die silberne Datenscheibe im Wiedergabegerät: „Richtig beobachtet! Der Kollege Leismann hatte mir ja auch noch die Aufnahmen aus dem Medientempel zur Begutachtung übergeben. Was ganz schnell von mir abgewickelt werden konnte, war die Feststellung des Fahrzeugtyps: Bei dem Krad handelt es sich um eine schwarze Kawasaki EN 500. Sie wollen aber sicher auch mehr über die Person erfahren, die dieses Ding gefahren hat? Auch hier habe ich dazu ein wenig gerechnet. Dabei bin ich anhand des Videos so vorgegangen, dass ich einen Vergleich zwischen der Deckenhöhe des Flurs und der Körpergröße der unbekannten Person gezogen habe. Diese Person ist mindestens 186 cm groß!
Wenn es sich bei den beiden Gestalten auf den zwei Videoaufzeichnungen jeweils um dieselbe Person handeln würde, dann hätten wir es bei den Morden höchstwahrscheinlich mit einem Täter zu tun. Kollegen, finden Sie diese Person und Sie haben Ihren Doppelmörder!"

Knauper stand auf: „Dankeschön! Zehn Minuten Pause für alle! Erwin, kannst du bitte das Protokoll zu den Baumarktvideos tippen? Kollege Bender, wissen Sie schon, wann wir den kompletten Auswertebericht von Schwallborns privatem Tablet-PC bekommen? Wenn nicht, fragen Sie bitte schnell noch einmal bei den IT-Kollegen nach! Leismann, Sie kümmern sich um das Motorrad! Bringen Sie in Erfahrung, wie viele Maschinen von diesem Kawasaki-Modell bei uns zugelassen sind und besorgen Sie eine Liste mit den Namen der Fahrzeughalter!"

Kommissaranwärter Leismann überlegte zwar, ob er nicht doch die eben angesagte zehnminütige Pause für sich reklamieren sollte, wagte es aber nicht. Außerdem kam ihm Knauper schon wieder zuvor: „Hopp, Leismann! Es ist Freitag und gleich Viertel nach drei. Wenn Sie zu lange warten, erreichen Sie niemanden mehr."

Kommissar Knauper zog sich in sein Büro zurück und ließ sich dort hinter seinem Schreibtisch in den Bürostuhl fallen. Er drehte sich leicht nach links und kramte aus der obersten Schreibtischschublade ein Schweizer Messer heraus, klappte die kleine Klinge aus und ritzte eine heute Morgen von zu Hause mitgebrachte Orange rundum ein, zog Längengrade und einen Äquatorschnitt, von dem aus er begann, die Schale der Orange abzuziehen.

„Warum essen wir eigentlich nur noch Orangen und keine Apfelsinen mehr?", schoss ihm wie aus dem Nichts ein Gedanke durch den Kopf: „Früher gab es überhaupt keine Orangen. Da wurden überall nur Apfelsinen verkauft. Wer heute im Supermarkt nach Apfelsinensaft fragt oder sucht, wird nicht fündig. Orange hat eine Silbe weniger als Apfelsine. Das Wort ist kürzer und spart Zeit beim Aussprechen. Und Zeit hat ja kein Mensch mehr. Ist alles verknappt. In der Kantine gibt es nur 'O-Saft'. Das ist dann die ultimative Kurzversion." Knauper schob sich eine Spalte der Frucht in den Mund. „Obwohl... Irgendwie klingt 'Orange' vielleicht ja auch 'vornehmer', als Apfelsine... Oder? Ach, Quatsch! Schluss jetzt! Genug Pause gemacht! Weiter im Text!"

Er stand auf und ging in das Nebenbüro, in dem Hendrik Leismann seinen Schreibtisch hatte. Als er eintrat, wedelte der Kommissaranwärter mit ein paar Blättern in der Luft: „Herr Knauper, alleine in Saarbrücken sind 249 Motorräder des Typs Kawasaki EN 500 zugelassen. Im Umkreis von nur fünfzig Kilometern kommen weitere 870 Stück dazu...".

„So etwas habe ich mir schon gedacht", knurrte Knauper: „Kommen Sie, Leismann! Wir haben wieder Sitzung in der großen Runde!"

Sie gingen über den Flur in den gegenüberliegenden Raum, in dem sich die Mordkommission jetzt schon seit einer Woche immer wieder für Dienstbesprechungen traf. Als sie eintraten sahen sie, dass Urs Bender und

Erwin Schütz die Köpfe schon über Papieren zusammengesteckt hatten und aufgeregt diskutierten.

Urs Bender wirkte sehr nervös: „Gut, dass Sie kommen! Ich habe die Auswertung vom Cache auf dem Schwallborn-Tablet! Die Kollegen haben eine geschredderte Mail gefunden, konnten sie aber mit ziemlichem Aufwand und einer Spezialsoftware in Teilen wieder rekonstruieren. Der Betreff lautet 'S-S-S-S'. Und jetzt der Text! Der müsste nach sinnvoller Vervollständigung einzelner Clusterlücken lauten: 'Ich bin jetzt schon zum siebten Mal zu Dir nach SB gekommen und habe Fesselspiele mit Dir gemacht. Jetzt reicht es ! Wenn jetzt nichts mit der 'S-S' passiert, dann passiert etwas! Unterschrift 'S. Punkt'".

„Ein bisschen viel 'S' und 'S', finden Sie nicht?", erwiderte Knauper mit ungläubigem Blick.
Urs Bender strahlte unbeeindruckt: „Genau, Herr Knauper! Ich denke aber, dass sich der 'S' aus der Email mit dem 'S' aus dem dünnen Projektordner von Dr. Schwallborn decken könnte. Erinnern Sie sich?"

Knauper überlegte kurz: „Meinen Sie das Schlagershow-Exposé?"
„Haargenau!", triumphierte Urs Bender und schob den dünnen Ordner aus Dr. Schwallborns RTVS-Büro mit dem Rückenschild 'S-S-S-S' , bei dem mit dickem Filz-

stift zwei 's' mit einem 'c' überschrieben worden waren, in die Tischmitte:

„Wir haben hier die Originalprojektskizze für eine 'Sonny Siegers Schlager Show'. Dieses Exposé ist abgeändert worden! Inhaltlich ist alles gleich geblieben, aber mit 'Costas-Saarland-Club-Show' hat der Entwurf einen völlig neuen Titel bekommen. Das sieht jetzt für mich danach aus, dass Schwallborn die Sonny-Sieger-Projektskizze geklaut- und mit einem anderen Moderator und unter anderem Titel fortgeführt hat."

Erwin Schütz ereiferte sich: „Der Sender spielt seit Tagen diesen Costa Caracas rauf und runter. Das machen die nicht ohne Grund, die wollen den 'aufbauen'. Die machen aus der Sonny Sieger Show eine Nummer mit Costa Caracas... Wenn ich der Sonny Sieger wäre... also ich wäre da stinksauer und vor Wut außer mir!"

Urs Bender konnte seine Aufregung nicht länger beherrschen: „Leute! Das Exposé von dem Sonny Sieger ist auf Briefpapier geschrieben, mit den kompletten Absenderdaten aus Köln! Haltet Euch fest: Die IP-Adresse der rekonstruierten Mail haben wir inzwischen auch! Die Mail wurde aus einem Kölner Internetcafe am Wallraffplatz abgeschickt. Nebenbei bemerkt, ein bekannter Treffpunkt der Kölner Schwulenszene. Kollegen, das ist doch der absolute Hammer!"

Kommissar Knauper griff hastig nach dem Ordner und blätterte eilig durch die beiden Projektskizzen. Er verglich kurz das Schreiben zu 'Sonny Siegers Schlager Show' mit den vier 'S' in der Betreffzeile der rekonstruierten Mail von Schwallborns Privatcomputer. Dann brüllte es aufgeregt aus Knauper heraus: „Leismann! Stellen Sie mal sofort fest, ob eine Kawaski auf einen Herrn Sieger in Köln zugelassen ist!"

Und leise fügte er hinzu: „Kollegen, das wäre wirklich ein Ding! Wir stochern seit Tagen in der gequirlten Personalkacke von RTVS herum und womöglich... Stellt Euch mal vor, der Schwallborn wäre tatsächlich schwul oder bi gewesen und hätte diesem Sonny Sieger eine Show versprochen, damit der immer wieder aus Köln für Sexspielchen nach Saarbrücken antanzt..."

Erwin Schütz nickte zustimmend: „Konni, das passt! Wenn die zwei was miteinander hatten, dann hätte Schwallborn seinem Liebesdiener auch den Code für den Vorstandsaufzug im Medienhaus stecken können."

„Verdammt nochmal, ja! ", ereiferte sich Urs Bender weiter: „Also nochmal: Der Schwallborn klaut dem Sieger seine Showidee und besetzt die Sendung mit einem anderen Sänger. Sonny Sieger wird also von Schwallborn ausgebootet und rastet total aus. Sieger bringt den Schwallborn auf dem Parkplatz um die Ecke... und dann fällt ihm ein, dass in Schwallborns Büro sein Bewerbungsschreiben mit vollem Namen und Anschrift liegt... Angenommen, der wollte sich sein Schreiben zurückholen... Angenommen, der hatte die Geheimnummer für die 'Bonzenschleuder'... Angenommen, er traf dann bei seiner nächtlichen Aktion im Büro von Schwallborn überraschend auf den Bresser... Mensch, Leute!"

Knauper sprang auf, verließ im Eilschritt den Besprechungsraum, stürzte an seinen Schreibtisch und rief die Kripo in Köln an. Durch die offenstehende Tür brüllte er weitere Anweisungen an seine Kollegen: „Bender, mailen Sie unser Zeug nach Köln! Leismann, was macht die Halteranfrage? Erwin, ich brauche deine Berichte! Kümmere dich beim Staatsanwalt um den Antrag auf U-Haft! Das muss alles sofort nach Köln!"

Sonny Sieger

Es war kurz vor 19 Uhr, als Kommissar Knauper endlich den ersehnten Telefonanruf von seinen Kollegen aus Köln erhielt. Die Beamten hatten dort kurz vor sechs in der Cäcilienstraße tatsächlich einen Schlagersänger namens Sonny Sieger festgenommen, als dieser gerade mit seinem Motorrad, einer Kawasaki EN 500, zum Einkaufen fahren wollte.

Knauper wurde außerdem berichtet, der 189 m große Mann habe in einer ersten Vernehmung lange geleugnet, dann aber schließlich doch zugegeben, den RTVS-Vorstand Dr. Schwallborn gekannt und ihm sexuelle Dienste geleistet zu haben, weil der Medienmann ihm eine große, eigene TV-Schlager-Show versprochen hatte. Der Starttermin für 'Sonny Siegers Schlager Show' sei allerdings immer wieder und wieder herausgeschoben worden, weil sich Schwallborn weiterhin die als bizarr beschriebenen Sexualpraktiken mit dem Kölner Unterhaltungskünstler sichern wollte.

„Das war also der Stein des Anstoßes für diesen Singezahn", murmelte Knauper halblaut vor sich hin.

Knaupers Kölner Kripo-Kollege berichtete am Telefon weiter, Sonny Sieger sei im weiteren Verlauf der Vernehmung schließlich psychisch zusammengebrochen und hätte dann ausgesagt, dass am vergangenen Freitag bei ihm das Fass übergelaufen sei. Der Schlagersänger hätte dann auch gestanden, dass er in der Nacht von Mittwoch auf Donnerstag dieser Woche versuchen wollte, seinen Brief mit der Projektskizze für die Musikshow aus dem Büro Schwallborn zu entwenden. Dabei sei er unerwartet auf einen Mann getroffen und da sei 'das eben auch noch' passiert. Dies sei aber ein Unfall gewesen. Er hätte sich nur verteidigt, weil der Fremde in Schwallborns Büro ihn mit einer Metallstatue angegriffen hätte.

Gut gelaunt beendete der Kölner Beamte das Telefonat: "Ming Kolleg, da hat sich wieder et kölsche Jrundjesetz bewahrheitet: Et kütt wie et kütt unn et hätt noch emmer joot jejange. Fall erledigt!"

„Ja", ulkte Knauper zurück: „Mach 's gudd, awwa nedd zu oft! Und, danke Kollege!"

Knauper legte den Hörer auf und trommelte noch einmal seine Kollegen aus den benachbarten Büros zusammen: "Feierabend, Kollegen! Der Fall ist gelöst! Unsere MoKo 'Funkhaus' kann aufgelöst werden!"

Erwin Schütz grinste genüsslich: „Ja, Konni, dann können wir ja heute mal zur Feier des Tages alle zusammen einen 'schnappen' gehen!"

Knauper schüttelte den Kopf: „So leid es mir tut, da raus wird nichts! Zwei von uns müssen nach Köln und den Sieger abholen. Und weil Ihr, Erwin und Urs, wohl erst spät in der Nacht wieder in Saarbrücken zurück sein werdet, kann die Vorführung beim Haftrichter erst am Samstagmorgen erfolgen. Da trifft es dann aber mich wieder, denn der Sachbearbeiter hat ja zugegen zu sein..."

„Also gut, ich gehe dann schon 'mal zum Bereitschaftsrichter und hole uns die Anordnung der Festnahme und der Unterbringung im Polizeigewahrsam", grummelte Bender mit verkniffener Mine.

„Und ich besorge ein Dienstfahrzeug", fügte Erwin Schütz kleinlaut hinzu.

Knauper lächelte aufmunternd in die Runde: „Kollegen, nach all dem, was wir in den letzten Tagen darüber erfahren haben wissen wir, wie wichtig ein gutes Arbeitsklima und ein wirklich kollegiales Verhältnis sind. Erwin, Urs, Hendrik... Ich danke Euch für die gute Zusammenarbeit! Und nächstes Mal gehen wir wirklich zusammen einen 'schnappen', das ist hiermit versprochen! Großes Kommissar-Ehrenwort!"

Was Knauper bei seiner bescheidenen kleinen Ansprache verschwieg, war die Tatsache, dass Claudia den Kin-

dern genehmigt hatte, das Wochenende bei Schulkame-
raden zu verbringen und ihm diese Entscheidung vor
gut einer Stunde mit einer SMS auf sein Handy mitgeteilt hatte.

Heute war Freitag. Und es sollte nach Knaupers Vor-
stellungen heute sogar wirklich ein 'verrückter Freitag'
werden.

Mit großer Vorfreude auf den restlichen Abend verließ
Konni Knauper das Polizeipräsidium, stieg in seinen
Wagen und steckte den Schlüssel ins Zündschloss. Sein
Autoradio begann zu spielen:

„...und gute Laune ist bei uns garantiert! Ich freue mich
sehr, dass Sie eingeschaltet haben! Jaaa, Sie hören die
RTVS-Feierabendshow auf UKW 108,3! Mein Name
ist Olivia Heisklang! Und es gibt Musik, wie sie das
Land mag! Nur hier auf UKW 108,3! Das größte Radio mit den größten Hits aller Zeiten! RTVS auf 108,3!
Kommen Sie gut in den Feierabend!“

Knauper schaltete das Radio aus, legte das Album *Tri-
bute* von John Newman ein, wählte den Song *Love me
again* an, startete den Motor und fuhr erwartungsfroh
lächelnd nach Hause.

Kleines Glossar

Allemool	Selbstverständlich (wörtlich: aber immer)
Allez hopp!	Auf geht's! Los jetzt!
Baeckeoffe	elsässischer Eintopf
Baguette	Stangenweißbrot
Boulangerie	Bäckerladen
Dòò	hier
de Gladdisch'	aalglatter Kerl, der sich meist anbiedernd verhält
Deitsch mit'nanner schwäddse	sich miteinander auf Deutsch unterhalten
dussmang	langsam, sachte (frz. *doucement*)
ebbes	etwas
Emmes	Großes Fest mit großem Essen und Trinken
Flûte	elsässische Weinflasche mit schmalem hochgezogenem Hals (wörtlich: Flöte)
Geißenkäse	Ziegenkäse
geschwoft	getanzt

Grenouilles	Froschschenkel
hamma hier nedd	gibt es hier nicht (wörtlich: Haben wir hier nicht)
Hausmääschda	Hausmeister
Jetzt mool dussmang!	Jetzt mal ganz ruhig!
jòò	Ja
et kölsche Jrundjesetz: Et kütt wie et kütt unn et hätt noch emmer joot jejange.	Das Kölner Grundgesetz : Es kommt wie es kommt und es ist noch immer gut gegangen.
Marché aux Puces	Flohmarkt
Muffländer	Neckname für Saarländer – sehr verbreitet im Raum Trier
Nää	Nein
Neimärder	Nörgler
Roschdwurschdbuud	Schnellimbiss mit Rostbratwürsten
schwäddse	reden
toute de suite	sogleich, auf der Stelle
veräppeln	veralbern, auf den Arm nehmen
zerigg fahre	zurück fahren

Der Autor

Manfred Spoo, saarländischer Rundfunkjournalist und Autor. Pflegt in seinen Texten und Bühnenprogrammen intensiv den Gebrauch der saarländischen Mundarten. Vertrat auf Einladung der saarländischen Staatskanzlei sein Bundesland 2006 auf der „Mundartmeile" bei den zentralen Veranstaltungen Deutschlands zum Tag der Deutschen Einheit.

Veröffentlichungen: (Auswahl)

M.Spoo
Kelkel-Verlag, 2013

„Mordsbekanntschaften -
Kommissar Knaupers 1. Fall"
ISBN 978-3-942767-09-5

Linster, Spoo (Hrsg.):
Kelkel-Verlag, 2013

„So schwäddse mir
im Landkreis Neunkirchen"
ISBN 978-3-942767-12-5

Linster, Spoo (Hrsg.):
Kelkel-Verlag, 2012

„So schwäddse mir
im Landkreis St. Wendel"
ISBN 978-3-942767-07-1

M. Spoo (Hrsg.):
Kelkel-Verlag, 2011

„MundART Winter - Anthologie"
ISBN 978-3-942767-04-0

M. Spoo (Hrsg.):
Kelkel-Verlag, 2011

„MundART Herbst - Anthologie"
ISBN 978-3-942767-03-3

M. Spoo (Hrsg.):
Kelkel-Verlag, 2011

„MundART Sommer - Anthologie"
ISBN 978-3-942767-02-6

M. Spoo (Hrsg.):
Kelkel-Verlag, 2011

„MundART Frühling - Anthologie"
ISBN 978-3-942767-01-9

CD: „Knauper klärt den Hänsel-und-Gretel-Mord"
Hörbuch, Kelkel-TonART, 2012
ISBN 978-3-942767-05-7

CD/DVD: „Mia hann geschbield am liebschde nua im Drägg"
GuMa Music EmmEss 6754

CD: „Ei, joo... Die ganze Wahrheit über den Südwest-Zipfler"
Live-Mitschnitt aus dem Theater „Blauer Hirsch", Saarbrücken -
GuMa Music EmmEss 6753

CD: „Lou mol lo, lo laida jo"
Leico Records 8539

CD-Sampler: „Hits aus dem Saarland"
mit Marcel Adam, Nicole, Manfred Spoo, Wolfgang de Benki,
Herry Schmitt Band u.a
bawack-music 30340

CD-Sampler: „Babbel, Schnack, Geschwätz"
mit Herbert Bonewitz, Uli Keuler, Jürgen von der Lippe, Manfred
Spoo, u.a
CBS 4657462

„Der rührige Kommissar und sein naiver Assistent haben durchaus das Zeug beliebte Serienfiguren zu werden."
(Die Rheinpfalz)

„Mit köstlichen satirischen Anspielungen auf Land und Leute." *(Wochenspiegel)*

„Mordsbekanntschaften -
Kommissar Knaupers erster Fall"
Softcover - 158 S. - Preis: 8,90 EUR
ISBN 978-3-942767-09-5

„Mit einer ausgesprochen lebendigen und wandlungsfähigen Stimme vermag es Spoo, uns die handelnden Personen nahe zu bringen."
(SLLV)

„Knauper klärt den Hänsel-und-
Gretel-Mord" - Hörbuch / CD mit
dem 2. Teil des Romans **„Mordsbe-**
kanntschaften" 65 Min. - 6,90 EUR
ISBN 978-3-942767-05-7